わがまま男爵の愛寵

Kou Unazuki
宇奈月香

Honey Novel

Illustration

緒花

CONTENTS

【プロローグ】

冬の匂いが一段と濃くなった。

木枯らしに舞う落ち葉が小さな渦《うず》を巻きながら、路地の上を滑っていく。

頬《ほお》に当たる風の冷たさは、吐く息の白さが教えている。低くなった灰色の空の下、赤毛の少女は息を切らせて駆けていた。

チョコレート色をしたフード付きのケープと赤い髪は、色のないこの季節によく目立つ。少女はそばかすが散った頬を赤く染め、時折落ち葉に足をとられそうになりながらも、ムルティカーナ七番通りにあるエリオット邸を目指した。

「ごめんください！　ごめんくださいっ!!」

黒い錬鉄《れんてつ》の門を潜《くぐ》り、正面玄関にたどり着いた少女は重厚な扉に飾られている獅子《しし》の呼び鈴を何度も鳴らした。

「アンジェラ・レインです！　どうかエリオット男爵にお取次ぎくださいっ」

侯爵家令嬢には相応《ふさわ》しくない大声。だが、今は礼儀作法にかまっている余裕はない。

「お願いします！　どうか父を助けてください、お願いしますっ!!　誰か、誰かいませんかっ!?」

ドンドンと拳《こぶし》で扉を叩き、懇願する。

横領《おうりよう》の罪で捕まった父の無実をどうか証明してほしい。少女はその一心だった。

「男爵、ギルバード！　お願い、父を助けてっ、話を聞いてっ!!」

しかし、どれだけ扉を叩き続けても、重い扉は沈黙を守ったまま。使用人すら出てこない状況に、アンジェラは愕然《がくぜん》とした。

(ど……うして)

どうしてこんなことになってしまったのだろう。

「――お願いっ、ここを開けて!!」

悔しさを握りしめた拳と額を扉に押しつけ、アンジェラはギュッと目を閉じた。

今朝方、父が連行されるのと入れ違いに届けられた一通の通知。そこには今後エリオット家はレイン家と一切のかかわりを持たない、と記されてあった。

(ひどい、あんまりだわっ！)

この婚約を望んでいたのはそちらではなかったのか。

気に入らない婚約でも、このタイミングでの仕打ちは痛烈だった。文面ににじみ出るエリオット家の冷酷さが容赦なくアンジェラを傷つけた。

使えなくなった駒《こま》をいつまでも抱えているつもりはない、ということなのか。けれど、それは違う。父が横領などするはずがない。そのことはエリオット男爵もわかっているはずではないのか。

助けてくれたら今度こそなんでも言うことを聞く。なんでもする。だから――っ。

（だから、父様を助けてっ!!）

半年前、アンジェラはエリオット男爵の長男ギルバードと婚約した。

ひと回り年が違う容姿だけが取り柄のいけすかない男だったが、父が決めた相手ならと無理矢理自分を納得させて耐えた。父が「彼」を選んだ理由も、わが家に利益がないことを承知で結んだ婚約の理由もわからなかった。ただ、父がエリオット男爵と懇意にしていなければ到底まとまるはずのない婚約話であったことだけは間違いない。

エリオット家がレイン家との婚約話に込めた意図など、この際どうでもいい。婚約を解消したいのなら好きにすればいい。でもその前に、どうか父の無実を訴えてはくれないか。

そう頼み込むつもりで来たアンジェラに、エリオット家の対応はあまりにもつれなかった。

「……お願いよ」

こうしている間も、父は警察から厳しく詰問《きつもん》され、やってもいない罪を認めさせられようとしている。父のことだ。その身が潔白である限り、命絶えるまで主張を曲げることはないだろう。

「誰か、父様を助けて。……エリオットおじ様、ギルバード」

呟きは秋風が攫《さら》っていった。

『去れ』

どこからか聞こえた幻聴に、アンジェラはずるずると地面に座り込んだ。

(見放された……のね)

誰も父を助けてくれない。

この沈黙がエリオット家の答えなのだ。

見上げた扉は大きく、頬に当たる風よりも冷たく感じられた。

こんな薄情な輩《やから》たちに父はなにを求めていたというのだろう。

胸にのしかかる失望という暗雲に項垂《うなだ》れかけたその時、「お嬢様っ！」アンジェラを呼ぶ声がした。力なく振り返れば、エマが小走りで駆けてくるところだった。白髪交じりのエマはアンジェラの乳母であり、早くに亡くなった母の代わりでもあった。

彼女は手に大きな鞄《かばん》を抱えて立っていた。

「エマ、その荷物は……」

「――先ほど、お屋敷が差し押さえられました」

「なん…ですって。通告ではたしか一か月後だと」

「もう私にはなにがなんだか。追いたてられるように屋敷から出されたものですから、お嬢様の荷物を整えるのがやっとで」

「あぁ、エマ……ッ。ごめんなさい」

今度こそ項垂れると、エマは震えるアンジェラの背中を優しく撫《な》でた。

「私のことなどよいのです」

「ですがっ」

「それよりもこれからのことを考えましょう。お嬢様さえよければ、私の故郷へいらっしゃいませんか？　なにもない田舎ですが生きてはいけます。そこでゆっくり考えましょう」

「エマ、……いいの？　だって私は」

父の逮捕で、親戚たちからも見放されたアンジェラは今や天涯孤独の身だ。犯罪者の娘を匿《かくま》えば、エマだってどんな誹《そし》りを受けるかわからない。

「なにをおっしゃるのですか、あなたは私の大切なお嬢様です。お嬢様が幸せになるまで嫌われてもお傍《そば》におります」

皺《しわ》が深くなった手で頬を撫で、エマが優しく笑った。

「さぁ、いつまでも座り込んでいては風邪を引いてしまいますよ」

あぁ、今はこの手だけがアンジェラを救ってくれる唯一のもの。

アンジェラはのろのろと立ち上がった。母親に手を引かれる子供のように歩き出し、一度だけエリオット邸を振り返る。

『どうせ子供を産ませるまでの辛抱だしな』

ギルバードに言われた言葉が今更ながら胸を抉《えぐ》った。

十五歳の心を抉った蔑《さげす》み。

価値がなくなったから捨てられた。その言葉の痛みを今日ほど感じたことはない——。

【第一章】

アンジェラは朝もやのかかる公園のベンチに座り、途方に暮れていた。

大都市ムルティカーナへ戻ってきて、半年。アンジェラは十七歳になっていた。

「泥棒猫めっ！　出てお行きっ」

耳に残るボード伯爵夫人のヒステリックな怒声が、何度目かの重たい溜息を吐き出させる。

今朝、突然勤めていた屋敷から解雇されてしまったのだ。

理由は、昨夜酔った伯爵に迫られていた場面を使用人に目撃され、それが伯爵夫人の逆鱗《げきりん》に触れたからだった。

（理由も聞いてくれなかったわ）

恐妻家で有名な夫人を恐れ、ボード伯爵は責任のすべてをアンジェラに擦《なす》りつけた。

（どうしてこんなことになったのかしら）

正直、アンジェラ自身もなにが起こったのかわかっていない。何度首を捻《ひね》ってみても、降って湧いた不幸に見舞われた、としか思えなかった。

ボード伯爵邸は正式なメイドとして初めて勤めることになった屋敷だ。紹介状を書いてくれたロベルト伯爵の顔を潰さないこと、父の保釈金を貯めると同時に、ひとりアパートへ残してきたエマに一日でも早く一人前になった姿を見せたくて必死に働いてきた……はずだったのに、いったいどうして。

事件の発端《ほったん》は昨日。週に一度の休暇日だったその日、エマの様子を見に行った帰り道、アンジェラは道端で具合の悪そうな老婆に出会った。彼女を家まで送り届けたのだが、思った以上に時間を食ってしまい門限に遅れてしまったのだ。

それだけでも厳罰ものだが、運悪く泥酔した伯爵と鉢合わせしてしまった。女と見れば手を出さずにはいられないと言われるほどの悪癖は、酔いの勢いもあったのだろう。なにを血迷ったのかアンジェラにまで食指を動かしたのだ。

かつて、婚約者に「子を産ますまでの我慢」と言われたくらい女の魅力に欠けたアンジェラ。そばかす顔を隠すためにつけた黒縁眼鏡は野暮ったい風采《ふうさい》をさらにぼやけさせ、一方でやたら赤々と映《は》える赤毛が見る者になんとも珍妙な印象を与える。

お世辞にも美しいと言えない元侯爵令嬢、それがアンジェラ・レインだ。

以前からアンジェラを煙たがっていた伯爵夫人がこの機を逃すはずもなく、一方的な解雇通告をしてきたのが今朝のこと。紹介状もなく放り出されて、この先どうしたものかと考えあぐねているところだ。

今月分だと握らされた金貨二枚と銅貨三枚。一文《いちもん》も持たされず放り出されなかったのはありがたいが、きっちり日割りで渡された賃金が尽きる前に次の職場を探さなければ。

だが、どうやって？

経験も浅く、紹介状を持たない元貴族のメイドを誰が雇ってくれるというの？

それよりも、クビになったことをエマになんと言えばいいのだろう。

「ボード伯爵の愛人だと誤解されてしまったの」

試しに口に出してみたが、言った途端《とたん》、猛烈な後悔に襲われた。口が裂けても、二度と言いたくない台詞《せりふ》だ。

(やっぱり、門限に遅れたからと言うしかないわね)

伯爵夫人は恐妻家であると同時に、規則にも厳しい。そこを強調し強引に押し切れば納得してくれないだろうか。多少強引な気もするが、それも理由のひとつであることは間違いない。――と思うことにする。

(でも、どちらにしろエマを悲しませるわね)

父の逮捕により屋敷、家財、敷地に至るまでレイン家のすべてを差し押さえられ、アンジェラにはエマと元侯爵令嬢という肩書きだけが残った。

父は横領罪《し》を認めなかった為、極寒の地にある牢獄《ろうごく》へ送られ、そこで十年間に及ぶ強制労働を強いられている。

父を救い出す為には、無実を証明するか、多額の保釈金を支払わなければいけない。

アンジェラには父の無実を証明する術がない。残された方法は保釈金を払うことだった。

しかし、見舞った不幸はそれだけでは終わらなかった。故郷へ戻ってしばらくしたのち、エマが心臓病を患《わずら》い倒れたのだ。誰かが働かなければ生きてはいけない。そのこともありアンジェラはエマの反対を押し切りメイドの世界に飛び込んだ。令嬢としての教養を生かした職業もあったが、メイドの就職率が高いことが一番の決め手だった。それから一年半かけてメイド業を習得し、昔エマが世話になったというロベルト伯爵に紹介状を書いてもらい、今のボード伯爵家へやってきたのだ。

数年前までは社交界で顔を合わせていた人たちに仕えることに抵抗がなかったと言えば嘘《うそ》になるが、アンジェラには強い思いがあった。

いつかまた、父とエマとの三人で暮らしたい。無実の罪で捕らえられた父を温かい家で癒してあげたい。その為なら陰で笑われるくらいなんてことはなかった。

なのに、この幸先《さいさき》の悪さはなんだろう。まだ勤め始めてたった五か月しか経っていないのに、もう解雇されてしまっているじゃないか。

思わず頭を抱えるが、それで状況が好転するわけでもなく無駄に時間だけが過ぎていく。おまけに秋風に長時間当たっていたせいで、すっかり体も冷えてしまった。

ぶるりと身を震わせ、ずり下がった黒縁メガネを指の背で押し上げる。

(あぁ、いきなり訪ねればエマはなんて思うかしら。昨日の今日だもの、きっとなにがあったのかわかってしまうわね。こういう時こそ最初が肝心なのよ。会ってすぐ解雇されたことを話せば……って、話せるかしら)

悩んだところで行くあてのないアンジェラが身を寄せられる場所は、エマのアパートしかない。

手の中の硬貨があれば、半月は暮らせる。その間に新しい就職先を絶対に見つけるんだ。

この程度の不運なんてどうってことない。

（そうよ、こんなことで負けないいんだから！）

硬貨を握りしめ、とりあえず今夜はエマと一緒に温かいスープを作ることに決めた。


エマのアパートはムルティカーナ五番通りにある年季の入った古い建物だった。

赤茶けたレンガ造りの外壁に蔦《つた》がびっしりと蔓延《はびこ》ったその建物は、晴れた日こそ青い空とレンガの赤、緑の蔦の色合いがお洒落《しやれ》に見えるが、大抵は陰気な気配を醸《かも》し出している。

アンジェラは三階の角部屋を訪ね、扉を叩いた。

「はい？」

「エマ、私。……アンジェラ」

「お嬢様っ!?」

驚いた顔に出迎えられた居心地の悪さに、ツイ…と目線を下げてしまう。エマは目を丸くしたままアンジェラを凝視し、やがて視線は床に置いた大きなボストンバッグに注がれた。

「……あの。こ、これスープの材料よ。一緒に作ろうと思って！　あとね、その……」

勤めていた屋敷をクビになったの。

そう言いかけた矢先。

「これだけあれば三日は持ちそうですね。外は寒かったでしょう。今、温かな紅茶をお淹《い》れいたします」

さあ、どうぞ。と中へ促され、今度はアンジェラが目を丸くした。

「お話はお茶を飲んでからですよ」

大きく扉を開けて迎えてくれたエマは、そう言って穏やかに微笑《ほほえ》んだ。

あぁ、そうだ。体を壊し働けなくなったとはいえエマもメイドだったのだ。荷物を抱えてここを訪ねてくる理由に心当たりがないはずがない。

途端、ストン…と気負っていたものが消えた。

「ごめんなさい。折角《せっかく》エマが紹介状をお願いしてくれたのに」

「仕方がありませんわ、あちらのお屋敷はお給金はいいのですが奥方様が気難しい方だと専《もっぱ》らの噂《うわさ》ですもの」

「私も注意はしていたのに、本当にごめんなさい。これ、今月分のお給金よ。これがなくなる前に必ず新しい働き口を探すから、しばらくここに置いてほしいの」

食材を買った残りの硬貨をテーブルに置くと、エマは呆《あき》れた顔をした。

「なにをおっしゃるかと思えば。お嬢様さえよければいつまでもここにいてくださいな。お金のことでしたら心配いらないと何度も申し上げたではありませんか。お嬢様がお望みになるなら、また以前のような暮らしもできるのですよ」

「そういうわけにはいかないわ。エマが言っているお金は、エマが長年働いて貯めた大切なものでしょう。それを私が食い潰すわけにはいかないわ。私はもう令嬢ではないもの。働かなければ生きてはいけない、そうでしょう？　それに、父様の保釈金も貯めないと」

「お嬢様……」

握り拳を作って見せるアンジェラに、エマが複雑な表情になった。

「もっと早くエリオット家に嫁いでさえいれば、お嬢様がこんな苦労をする必要などなかったのに」

エマの恨み節に、アンジェラは「仕方のないことだったのよ」と苦笑した。

そう、婚約破棄は仕方のないことであり、彼らにすれば当然のことだったのだ。

どれだけ恨んでも過去は変わらないし、この現状から抜け出せるわけではない。必要なのは今日を生き抜く力と自分の足で立ち続けることのできる生活力。間違っても誰かに縋《すが》り、頼ろうなど今は微塵《みじん》も思っていない。

父の逮捕で、アンジェラは世間の冷たさを痛感した。親族からさえも見放された時点でそのことに気づくべきだった。

(どうしてあんな人たちに救いを求めてしまったのかしら……)

父がわが家の損得なしで娘の夫にと望んだ相手だったから、どこかで彼らなら父を助けてくれると思っていたのかも知れない。

政略結婚であることははじめからわかっていたはずなのに。

浅はかだった自分に苛立《いらだ》ち、キュッと下唇を嚙《か》みしめた。

腹立たしさを静めようと、カップを近づけた拍子に湯気で眼鏡のレンズが白く濁った。一旦カップを置き、眼鏡を服の裾で拭いていると、「まだおかけになるおつもりですか?」と問いかけられる。

「折角の愛らしいお顔をお隠しになるなんて、もったいないですわ」

エマの寂しそうな声に、眼鏡をかけ直しながら「いいの」と首を横に振った。

「私の顔が愛らしいはずないもの。これをつけていると少しは人の目をごまかせるでしょう？」

かつての友人たちはブロンドやハニーゴールドの美しい髪を持ち、花よりも可憐《かれん》な顔貌《かおかたち》をしていた。洗練された気品と立ち居振る舞いはまさに令嬢と呼ぶに相応しい。アンジェラのように癖のある赤毛に毎朝悩まされたことも、そばかすを見られたくなくて俯《うつむ》くこともないはずだ。

『お前、可愛《かわい》くないな』

あまつさえ、婚約者から容姿を貶《おとし》められる苦い経験をしたこともないはず。

どうして父は彼を夫に選んだのか。その答えは二年経った今でも見つかっていない。

（あんな男、顔がいいだけの性悪じゃない。いけすかないし、鼻持ちならないし、人の顔見ては馬鹿にするし、女好きだし。男ってみんなそうなのかしら）

自分は美人ではない。

わかっていたけれど、他人の口から肯定されればさすがに傷つく。アンジェラが黒縁眼鏡で顔を隠すようになったのはそれからだ。

「それに、これをかけているとそばかすも隠せるでしょ。お化粧代が浮くのよね」

クスクス笑って、今度こそ紅茶を口に含む。

侯爵令嬢の肩書きに気負いすぎていたあの頃、生活は裕福だったがいつも疎外感を感じていた。華やかな舞踏会は煌《きら》びやかで美しいけれど、アンジェラは孤児院で子供たちの世話をしている方がずっと楽しかった。

社交界に出たがらなかったアンジェラを一部の者は『深窓の令嬢』と噂していたが、それもこの姿を見るまでのことだ。

「そういえばあの子たち、どうしているかしら……」

家が没落《ぼつらく》して以来、孤児院に顔を出していない。自分が生きることだけに精一杯で、彼らのことを気遣う余裕がなかったのだ。

会いに行きたいが、今は彼らに食料を配るだけの余裕がない。手ぶらで訪れれば、きっと彼らは悲しむだろう。

「元気にしているといいわね」

「そうでございますね」

何度かアンジェラに付き添い孤児院を訪れていたエマも、懐かしそうに目を細めた。

「また行ける日が来るといいですね」

「ええ、本当にそうだわ」

失くした生活は二度と戻らない。そのことをわかっていながら交わす会話に、どちらからともなく乾いた笑みが零《こぼ》れた。

アンジェラ宛ての封書が届いたのは、それから三日後のことだった。

「お、お嬢様っ!!」

血相を変えたエマの悲鳴に、窓に息を吹きかけ拭き掃除をしていたアンジェラは目を瞬かせた。

「どうしたの、そんなに慌てて」

「こ、こここれを！」

そう言ってエマが差し出してきたのは、アンジェラ宛ての二通の封筒だった。一通は極寒の地にいる父から届いた手紙、もう一通は血色をした真紅の封書だった。

（――え）

エマの指先が白くなるほど強く握りしめられたそれ。驚き、書かれてあった差出人の名を見て愕然とした。

『ギルバード・エリオット』

奪うように受け取り、表を返せば封蠟《ふうろう》の紋章は間違いなくエリオット家の家紋だった。交差する二本の剣と双頭の馬が描かれたそれを食い入るように見つめる。真紅の封書は令状の同封を意味する。アンジェラがこれを手にするのは、父が逮捕されたあの日以来だ。

「お嬢様……」

エマの震える声に頷《うなず》き、アンジェラは恐る恐るそれを開封した。

二つ折りになった便箋《びんせん》を開けば、目に飛び込んできたのは『督促状《とくそくじょう》』の文字だ。

「な――っ!?」

ガツンと側頭部を殴られたような衝撃だった。

なぜ、今になってこんなものが届くのか。

慌てて内容を見れば、父がエリオット家から借りた借金に対する督促状だった。文末には指定された日時にエリオット家を訪ねることも明記されている。

(なんてこと――っ)

まさか父がエリオット家に借金をしていたなんて！

督促状を見つめたまま呆然《ぼうぜん》とするアンジェラに、エマの不安げな声がかかった。

「お嬢様、これは……」

「きっと……、きっとなにかの間違いよ」

手に力を込めた拍子に、督促状がくしゃりと折れた。

これまで父が資金繰りに困っている様子は見受けられなかった。横領という無実の罪を着せられただけでも腹立たしいのに、その上、借金だなんて馬鹿げている。

もう一度、視線を便箋に落とし、指定された日時を確認する。

明日の午後三時。

よもやこんな形でギルバードと再会することになるなんて。

「行かれるのですか」

「もちろんよ、事実無根だと叩き返してやるわ！」

意気込み、督促状を握り潰した。

エリオット邸はムルティカーナの七番通り沿いに佇《たたず》む白磁《はくじ》の外壁と等間隔に並んだ縦長の窓に据えつけられた洒落た黒格子のコントラストが目を引く邸宅だ。

貴族の多くが社交シーズンをこのムルティカーナで過ごす。ひしめき合う豪邸の中にあってもひときわ瀟洒《しょうしゃ》な造りのエリオット邸。塗装され直したばかりの外壁の眩《まぶ》しさに、アンジェラは目を細めた。成り上がり貴族であるエリオット家も、今はこの屋敷に滞在しているはずだ。

アンジェラはチョコレート色のケープのポケットにしまった督促状をぎゅっと握りしめ、玄関の扉を叩いた。

「お待ちしておりました、アンジェラ様」

すぐに執事が対応に出てくる。アンジェラの記憶が正しければ彼の名はヘルマン。銀髪にも見える白髪を後ろへ撫でつけ、ぴんと伸びた背筋は執事としての気品を感じさせる。父とさほど変わらない年齢の紳士だ。

恭《うやうや》しく頭を下げるヘルマンをアンジェラは一瞥《いちべつ》する。二年前は頑《がん》として開かなかった扉がたった一度のノックで開いたことに、なんとも言えない歯がゆさが胸の中に広がった。

「ケープをお預かりします」

「いいえ、結構よ。用事が済み次第帰ります、ギルバードの許へ案内してくださるかしら」

「かしこまりました。こちらでございます」

二年ぶりに足を踏み入れた邸宅には、見慣れない調度品や美術品が飾られていた。

エリオット家のここ近年の活躍は、メイド業をしていても十分耳に入ってきた。療養中の男爵に代わり、ギルバードが当主代行を務めて以降、目覚ましい成長を遂げている。今や飛ぶ鳥を落とす勢いと謳《うた》われるまでになったエリオット家。

邸宅を飾る豪奢《ごうしゃ》な調度品を見れば、彼らが豊富な財を得ていることは容易に分かる。これで悪趣味な成金趣向なら鼻で笑ってやれるのに、どれも空間を邪魔しない品のいい物ばかりだ。

(ギルバードの趣味なのかしら？　まさかね)

遊ぶことだけが生きがいのような男に、美術品の価値がわかるとは思えない。男爵の趣味に決まっている。

長い通路を歩きアンジェラが通されたのは、一階にある執務室だった。

「ギルバード様、アンジェラ様をお連れしました」

「入れ」

よく通る、張りのある声が答える。

アンジェラはヘルマンが扉を開ける間にぎゅっと腹の底に力を込めた。

一歩中へ足を踏み入れた直後、体を突き抜ける強い眼光を感じた。窓を背に、執務机に浅く腰掛け腕組みをしている男。午後の陽ざしを受けて輝く金髪、そこから覗《のぞ》くコバルトブルーの双眸《そうぼう》は野性的で……美しかった。

ギルバードはおもむろに体を起こすと、ゆっくりとした足取りで近づいてきた。

パタンと背後で扉が閉まった。ちらりと見ると、そこにヘルマンの姿はない。二人きりになったことで、一気に緊張の度合いが増した。

立ち上がることでよくわかる、彼の体躯《たいく》の素晴らしさ。長身でありながらも均整のとれた体つき、目を見張るほど長い脚を運ぶ足取りは優雅で、気品があった。

「久しぶりだな、アンジェラ」

整った造形から発する声は、少し低音で心地いい。――だが、この男はそれだけ。

中身は最悪最低の性悪だ。

「昔を懐かしむ理由は、ないわ」

二年前よりもさらに研磨された美貌から顔を背ければ、失笑が落ちてきた。

「相変わらず可愛げがないな、お前」

「だったら、なに？　あなたに関係ないでしょ！」

ムッとして睨《にら》みつけると、美貌がニヒルな笑みを浮かべた。

「聞いたぞ、侯爵令嬢がメイドの真似事か。落ちぶれたくなはいものだな」

「そ、それがどうだというのっ。嫌味を言う為に私を呼び出したのなら、帰るわ！」

「督促状が届いているはずだ。だからお前は今、ここにいる。違うか」

「――ッ、あんなもの事実無根よ！　父がエリオット家に借金なんてするはずがないわっ」

「横領をするほど金に困っていたのはそっちだろう」

「違う！　父様のことを悪く言わないで!!」

振り上げた手は、あっさりギルバードに摑《つか》まれた。

「は、離しなさいよ！」

「手が早いのも変わってないな」

嫌味たらしい笑みに、アンジェラはカッと頬を赤らめた。乱暴に手を引き抜き、忌々《いまいま》しげにギルバードを睨む。

ギルバードはそんなアンジェラをせせら笑うと、執務机から一枚の書類を取り出して見せた。

「お前がなにを信じようと勝手だが、証書が存在する限り返済はしてもらう。期限は丁度《ちょうど》今から一週間後。全額耳を揃えて持ってこい」

目の前に突きつけられた証書、文末には確かに父のサインがあった。

日付は約三年前、返済期限はそこから三年後。今日を入れてあと八日しかない。

記された莫大《ばくだい》な金額に絶句すると、「利子分も忘れるな」と念を押された。

乱暴な利子率にコクリ…と息を呑み、頭の中で数字を弾く。導き出した合計額に、血の気が引いた。

「そ……んな、こんなお金どうやって」

「そんなことは俺のあずかり知るところじゃない。お前の父親が作った借金だ、だが当人は暗い塀の中の住人なら、肉親であるお前が肩代わりするのが筋だろう。どうした、払えないのか」

「だって」

今のアンジェラにこれだけの大金を用意することなどできない。

一生働いても返せないであろう額に足が震えてくる。

どうして父はこんな悪条件の書面にサインをしたのだろう。いったい、なんの為にお金が必要だったの？

自分の知らない父の一面を見せられた気がして、つま先から冷えていくのを感じた。

そして、ふと頭の隅を過《よぎ》った疑念。

もしかして、父はこれがあったからエリオット家との婚約話に頷いたのだろうか。侯爵家の後ろ盾が欲しい男爵家に脅されていたと考えるなら、あの婚約話も納得がいく。

(なんて卑怯《ひきょう》なの！)

実に成り上がりの新参者が考えそうなことだ。そんな彼らに借金をした父も浅はかだが、父の足元を見たエリオット家がとった行動は卑劣《ひれつ》の一言。

強張った表情のまま、突きつけられた証書を見つめていると、

「お前次第で借金を帳消しにしてやらないこともない」

と、思わぬ提案が投げかけられた。

うろんな表情で聞き返す。秀麗な美貌が一瞬、色悪《いろあく》に見えた次の瞬間。

「俺の愛人になれよ」

とんでもない爆弾が落ちてきた。

あまりにも突飛《とつぴ》な提案に声も出ない。ただ目を見開き、目の前に立つ貴人《きじん》を見つめ続けることしかできなかった。

「な……、な……っ」

言葉にならない単語を零すアンジェラに対し、ギルバードはむかつくほど平静だった。

「やるのか、やらないのか」

「や、やるわけないでしょう！」

「へぇ、借金はどうする」

「働いて返すわ!!」

「働いて、ねぇ」

ひょいと片眉を上げて、意味深に嘲笑《あざわら》う様にますます怒りが沸騰《ふつとう》する。

「誰があなたの愛人になんてなるものですか！　百億積まれたってお断りだわ!!」

「お前に百億の価値があると思ってるのかよ、厚かましい女だな」

「——ッ!!　似た金額で買おうとしているのは誰よ!!」

叫び、手にしていた督促状をギルバードめがけて投げつけた。

「昔から最低だったけど、なにも変わってないのね！　やっぱりあなたは最低だわ!!」

言い捨て、部屋を飛び出した。

「アンジェラ様、今お茶を」

「いらない!!」

途中、呼び止めてきたヘルマンを一蹴し、屋敷を出ていく。頭の中が屈辱《くつじょく》の炎で焦《こ》げつきそうだ。

（なにが愛人よっ、馬鹿にしてっ!!）


鼻息荒く屋敷を出ていく様子をギルバードは窓から見ていた。

「よろしいのですか」

ヘルマンは紅茶をギルバードの前に置きながら、静かに問いかける。

ふわりと鼻孔をくすぐるジャスミンの香り。用意されたブルーベリータルトを一瞥し、

「相変わらずは俺もか……」とぼやいた。

「あいつは戻ってくるさ。今のアンジェラに借金を返すあてなどない」

「ですが」

「いいんだ。――理由なんてなんでも」

そう、理由などなんでもいい。

ギルバードは椅子に腰を下ろし、ジャスミン茶を一口飲んだ。

「あいつ、これのなにが好きなんだ?」

濃厚な芳香にムッと眉を寄せるも、昔、美味しそうにこれを飲んでいた少女の姿を思い出すとおのずの頬が緩んだ。

☆★☆

あれから五日。勢いだけで啖呵《たんか》を切ったはいいが、状況はまったくもって芳《かんば》しくなかった。職が見つからないのだ。

それもただの職ではない。残り二日で莫大な借金を返せるだけの職だ。

だが、そんなものがそう易々と見つかるはずがなく、アンジェラはひたすら貴族の屋敷を訪ね歩き、雇ってくれるよう頭を下げるしかなかった。

お金を稼ぐことの難しさを今ほど痛感したことはない。

令嬢時代は黙っていても出てきた食事や甘いお菓子たち、綺麗《きれい》なドレスはすべて誰かの手で作られてきたもの。当然のように甘受《かんじゅ》してきたそれらを得るのに、どれほどの労力が必要だったのか、改めて思い知らされた。

せめて紹介状があれば少しは対応も違ってくるのだろうが、元令嬢よりも経験豊富なメイドを欲しがる貴族たちにとってアンジェラはひどく受けが悪いことも、この苦境の要因だった。

(私の〝なんでもやります〟は信頼されないのね)

メイド業で生計を立てるには、アンジェラは顔が知られすぎている。

ムルティカーナでは珍しい赤毛と令嬢らしくない黒縁眼鏡のアンジェラ。素性を隠してもすぐにレイン家令嬢であることがばれてしまい、敬遠されてしまう。それは眼鏡を外しても変わらなかった。

(どうしよう、なんとかして職を見つけないと借金が)

はやる気持ちに急かされるように、今日も日が暮れるまで職探しに奔走《ほんそう》していた。アパートへ帰る頃には、街角にぽつりぽつりと娼婦の姿が目につくようになっていた。

(娼婦か……)

今までは視野にも入れなかった職業だが、いよいよ本気で考えなければいけないところまできている。

彼女たちは一晩でどれだけ稼ぐのだろう。少なくともアンジェラが一か月、屋敷で働くよりいい稼ぎになるはずだ。

だが、その職業に抱く抵抗感が踏み出す一歩を躊躇《ためら》わせている。ならば、アンジェラに残された道はひとつきり。ギルバードの愛人になることだ。

娼婦と愛人、その境界線はなんなのか。

愛のない睦《むつ》み事を繰り返す関係に、ギルバードはなにを求めているのだろう。

アンジェラにはどちらも同じように思えて仕方がなかった。

あの後、アンジェラは父に真意を尋《たず》ねる手紙を送ったが、返信はまだ来ていない。先日届いた手紙には雪の寒さにもようやく体が慣れてきた、という内容が書かれてあった。環境こそ過酷だが、力強い筆圧で書かれた手紙に気弱になっている様子は窺えない。それは父の強がりなのかも知れないが、娘に見栄を張れる余裕があるうちは元気にしている証拠だとアンジェラは思うようにしていた。

「ただいま」

はぁ、と深い溜息を吐いて扉を開けた。

いつもは橙色《だいだいいろ》の温かな光が迎えてくれるはずなのに、今日は部屋全体が夜に沈み薄暗い。ひんやりとする部屋は静寂が漂っていた。

「エマ?」

どこかへ出かけたのだろうか。

呼びかけるが、答える声はなかった。

なんだろう、とても嫌な予感がする。

背中に這《は》うゾクゾクとした寒気が怖い。部屋中を見て回りながら、エマを呼び続けた。

「エマ、いないの?」

やはり、出かけていて、いないのだろうか。

そう思い始めた時だ。エマが使っているベッドの奥になにかが見えた。目を凝《こ》らし、それがエマの靴であるとわかると、一気に体中が総毛立った。

「エマッ!?」

駆け寄り、抱き起こす。「……う」という微《かす》かな呻《うめ》き声にホッとするも、苦しげな息遣いと胸を押さえている左手に戦慄《せんりつ》が走った。

心臓が痛むのだ。

「エマ、エマ！　しっかりして、エマッ!!」

「……嬢さ……ま」

「エマ！　待っていて、すぐお医者様をお呼びするから!!」

言い置いて、一旦エマを床へ寝かせると、玄関を飛び出し隣室の扉を叩いた。

「お願いしますっ、お医者様を呼んでください!!　お願いしますっ！」

住人が出てくるまで何度も呼び続け、事情を話して医者を呼んでもらった。部屋に戻り、
苦しげなエマをなんとかベッドへ寝かせる。苦しみを和《やわ》らげてあげたくても、なんの知識も
ないアンジェラには医者が到着するまでエマの手を握り続けることしかできなかった。

（お願い神様、どうかエマを助けてっ）

ギュッと力のない手を握りしめ、額を押しつけて神に祈る。

しばらくして表に馬車の止まる音が響き、白髪の老紳士が入ってきた。

大きな黒い鞄とボウル型の帽子を被《かぶ》ったその人は医師のホプソンと名乗った。アンジェラ
はエマが倒れていた状況をできるだけ詳しく説明すると、ホプソン医師はさっそく診療器具
を取り出し、手際よく診察していった。

「先生、エマは……」

「心臓はいつから悪いのかね」

「一年半ほど前です」

「ふむ、そうか」

神妙な面持ちで頷き、もう一度眠るエマの手首を取り、脈を計る。それからホプソン医師が言った。

「随分《ずいぶん》無理をしていたようだ、心音がよくない。これまでも胸の痛みを感じることがあったはずだ。すぐにでも入院してしかるべき治療を受けることを勧めるよ」

「入院、ですか……」

「そうだ。自宅療養もあるが、それでは今となにも変わらん。彼女に必要なのは安静だ」

その言葉に、アンジェラはどれだけエマに甘えていたかを思い知らされた。

きっとひとりだけならもっと気楽な生活を送っていたはずだ。

だが、アンジェラが転がり込んだせいで、エマを気遣わせていたのだろう。エマが老後の為にと貯めた貯金を切り崩してアンジェラを養ってくれているのを知っていた。

なのに、エマの体調にも気づけない自分は、彼女のなにを見ていたのだろう。

押し黙っている姿に、ホプソン医師が言った。

「もしかして、費用のことを気にしているのか？　大丈夫、うちは無理に徴収したりはせん。余裕ができた月に少しずつでも返してくれれば、それでいい。生きていること、それさえあればなんでもできる。違うかね」

「――はい、先生」

そうだった、入院すればまたお金が必要になる。けれども、今は迷っている時ではない。

エマを助ける。それ以外に今、なにを望むというの。

青ざめた寝顔に、しくしくと罪悪感が心を突いた。

「先生、エマをよろしくお願いします」

「うむ。彼女はこのまま私の馬車で連れて行こう」

「はい、明日改めてお伺いします」

決意の声に、ホプソン医師もしっかりと頷いた。

二人を乗せた馬車を見送った後、隣人にお礼を言い、アンジェラは部屋に戻った。

食卓テーブルの椅子に座ると、どっと疲れが体にのしかかってくる。

ホプソン医師はああ言ったが、今のアンジェラに治療費を払うだけの余裕はない。かといって、これ以上エマの預金を減らすわけにもいかなかった。

借金と治療費。――もう見栄を張っている場合ではない。

脳裏に浮かんだ男の勝ち誇った笑みに抱くのは、屈辱感。それでも今の自分にはこの方法以外選べなかった。

ギルバードの愛人になる。その上で、エマの治療費を借りる。

それがすべての問題を解決できる唯一の方法なのだ。だが、同時にそれはアンジェラの心を殺すことでもあり……。


翌日、アンジェラはホプソン医師の病院を訪れた。石造りの外観、東西対称に伸びた建物はアーチ形の窓が等間隔に連なっている。

エマは西側の建物の一室にいた。

「薬が効いているから、今はまだ眠っていますよ」

アンジェラと同じくらいの年代の看護師が言った。

「エマ、朝食は食べましたか」

「はい、大丈夫ですよ。あなたの様子をとても気にしていらっしゃいました。お嬢様はすぐご無理をなさる方だから、と。優しいおばあ様ですね」

ふふっとたおやかに笑う顔に、アンジェラは曖昧《あいまい》に笑った。

(無理をしていたのはエマの方じゃない)

エマが時折、胸を押さえている場面を何度か見ていた。その度《たび》に「大丈夫ですよ」と笑ってごまかされたのだが、本当はちっとも大丈夫じゃなかったのではないか。

どうして倒れるまで無理をしたの？

なぜ病院にかかってくれなかったのだろう。

起きてしまったことだからこそ、自分のことだけに手いっぱいになっていたことが悔やまれる。もっとエマに気を配ってあげられていれば、こんな事態にはならなかったかも知れない。

　エマはしきりにエリオット家から届いた督促状を気にしていた。「間違いだった」と伝えた後でも、彼女の浮かぬ顔はしばらく消えなかった。

　きっとアンジェラのついた嘘がばれていたのだ。アンジェラが無理をするのではないかと思うと、気が気ではなかった。だからこそ、傍を離れられなかったのかも知れない。

（あぁ、エマ）

　穏やかに眠るエマの顔を見て、小さな声で詫びた。

「ごめんなさい」

　あなたの杞憂《きゆう》はこれから現実になる。

　自分はこれから、エマを悲しませる行動をするのだ。

「でもわかって。これしか方法がないの」

　自分に言い聞かせるように眠っているエマに語りかけ、アンジェラは病室を出た。


　ギルバードに会う約束もなくエリオット家を訪ねたが、執事のヘルマンはすんなりと屋敷へ入れてくれた。

　通されたのは、あの執務室。

「入れ」

　あの日と同じ声に促され、アンジェラは足を踏み入れた。が、ギルバードは書類に目を通したまま、アンジェラには目もくれない。

「借金を返す目途《めど》でもついたか」

淡々とした口調は冷たく、再会した時には気づかなかった威厳のようなものがあった。二年前には欠片もなかった迫力。硬質な雰囲気は恐ろしいとさえ感じた。

だが、怯《ひる》んではいけない。アンジェラはギュッとケープの裾を握りしめた。

「……愛人になるわ」

その言葉に、ギルバードが顔を上げた。向けられたうろんな眼差《まなざ》しが心変わりの理由を問う。

「でも、ひとつだけ条件があるわ。その……お金を貸してほしいの、今すぐ」

「いくらだ」

「で、できるだけたくさん」

前向きな返答に面食らう。まさか、まともに取り合ってくれるとは思わなかった。

ギルバードは引き出しにしまった長財布からおもむろに札束を取り出し、テーブルへ置いた。

「もっとか」

「じゅ、十分よ」

躊躇《ちゅうちょ》なく置かれた大金は、アンジェラが一年かかっても稼げないだろう金額だ。彼はそんな大金を引き出しの中になど入れているのか。

代わり映えのしないアンジェラのいでたちとは違い、ギルバードが身につけているスーツは一目で上質なものだと分かる。自分はもう何年も服一枚買えていない、このケープだって裏地は継ぎはぎであちこちを補ってあった。

ギルバードが当主代行になってから飛躍的に名を上げたエリオット家。彼の成功を讃辞する声の一方で、手腕のしたたかさに不満の声があると聞いている。一年前、ギルバードはアンジェラの父がやりかけていた事業を安く買い上げると、それで成功を納め一躍時の人となった。

対峙《たいじ》するギルバードは、二年前と明らかに纏《まと》う気配が違っている。

女遊びばかりしている姿しか見てこなかったから、彼に事業の才があったことも知らなかった。

「あ……ありが、とう」

たじろぎながら手を伸ばした。が、それよりも一瞬早く、ギルバードの手が札束を押さえる。

「本気か？」

「——え」

「愛人になる条件だ？　お前、馬鹿だろ。恐ろしいくらい自分の立場が理解できていないようだな。いいか、俺がいつ〝愛人になってくれ〟と頼んだ？　借金を返せないなら、体で払え。そう言ったんだ。お前が差し出せるものなど、それくらいしかないだろう。俺は慈善事業で金貸しをするほど善良な人間じゃない。大金を溝《どぶ》に捨てるくらいなら、お前の貧相な体でも性欲処理くらいに使えるだろうと言ったまでだ。だいたいお前、自分にどれだけの価値があると思ってるんだ？」

露骨な侮蔑《ぶべつ》に、カッと体中が熱くなった。

「なにに使う金かは知らないが、随分と楽な道を選んだものだよな。そろそろメイドの真似事にも飽きたか？」

「違うっ、そんなわけないわ！　でも——っ!!」

もうこれしか残っていないのだ。

愛人なんてやりたくないに決まっている、楽な道なわけがない！

けれど、そんなことを言えるはずがなかった。ここまで愚弄《ぐろう》された後で弱音を吐くなんてプライドが許さない。

「——なによ、偉そうに」

くぐもった声に、ギルバードが片眉を上げた。

「そうしてふんぞり返っていられるのも、父様が築いた事業の基盤があったからじゃない。ハイエナみたいなことしておいて、己惚《うぬぼ》れないでっ」

どれだけ家を大きくしてきたかは知らないが、アンジェラにとってギルバードは今も昔も〝いけすかない男〟だ。

小馬鹿にした口調も、横柄《おうへい》な態度もなにも変わってはいない。

どうしてよりにもよってこの男しか、頼る人間が思い浮かばないのだろう。睨みつけ、返された眼光の鋭さにツイッと視線を逸《そ》らした。

アンジェラは、昔から彼に真っ向から見られるのがとてつもなく嫌なのだ。

「この金をなにに使う」

「あ…あなたには、関係ない」

「俺の愛人になりに来たんだろ。その割には随分な物言いだな。これが欲しいなら、〝私を愛人にしてください〟くらい言ってみせろよ」

「――ッ」

なんて最低な男。ギルバードは顔色を変えるどころか、唖然《あぜん》とするアンジェラを見てほくそ笑んでいた。

コバルトブルーの双眸がアンジェラを挑発する。『お前にできるのか』と。

誰よりも会いたくなかった。――なのに、神様はなんて意地悪をなさるのだろう。どうしてこんな屈辱的な再会が用意されていたの。

「どうした、金がいるんだろ？　それとも、落ちぶれても男爵の嫡男《ちゃくなん》ごときに頭を下げるのは屈辱というわけか」

身もふたもない言われように、噛みしめた唇から鉄の味がした。

「交渉は決裂だな。帰れ」

「待って！」

アンジェラは追い縋った。声を上げ、覚悟を決める。

「お…お願いします。私をあなたの あ…愛人にしてください。そして、どうかお金を貸してください」

膝を折り、乞《こ》うた。

二人の間に沈黙が流れる。逃げ出してしまいたくなるくらい、辛い時間だった。

今、ギルバードがどんな顔で自分を見ているかなど容易に想像できる。高慢だった元侯爵令嬢を傅《かしず》かせた喜びに嬉々《きき》としているに違いない。

「——脱げよ」

それは唐突だった。

ビクリと体を震わせ、恐る恐る視線だけ上げると、ギルバードが背もたれに体を倒してこちらを見ていた。

「愛人になりたいんだろ、だったら今すぐここで脱いでみろ」

どうしてギルバードはこんなにもひどいことばかり強いるのだろう。「愛人になりたいのなら」、言い聞かせるように繰り返される言葉に屈辱感が募る。違う、なりたいわけじゃない。なるしかないの。

愕然とするも、彼の眼差しはアンジェラの拒絶を許そうとはしていない。本気なのだ。

十七年間、誰にも見せたことのない裸。

もし父が逮捕されていなければ、いずれギルバードは見ていただろうが、それだって彼にとっては渋々だったろう。

端《はな》からアンジェラを「子を成す道具」としか見ていなかったギルバード。

そんな彼が嫌で、アンジェラは徹底的に彼を無視し続けた。その報いがこれなのか。

アンジェラは震える手でケープのボタンを外していった。詰襟のワンピースドレスに手を掛けたところで「立て」と命ぜられる。

はらり…と衣服が床に落ちた。

「全部だ」

狼狽《うろた》えるアンジェラに、ギルバードの声は容赦がない。膝がおかしいくらい震えていた。下着に触れる指先の感覚がなくなっている。

それでもドロワーズを脱ぎ、シュミーズを脱いだ。

一糸纏わぬ姿に、ギルバードの視線が刺さる。見られているという恐怖が足を竦《すく》ませていた。

（あぁ、父様。エマ、ごめんなさいっ）

愛する人にだけ見せることが許されているものを、お金と引き替えにしてしまったことで、大切ななにかを失った気がした。

左腕で胸を隠し、反対の手で下腹部を隠す。恥ずかしくて、顔を上げていられない。

沈黙が苦しかった。

俯き、じっと羞恥に耐えていると、気配が動くのを感じた。足音が近づき、ふと目の前が暗くなる。

ギルバードの影に覆われた直後、

「……いっ！」

胸を隠していた腕を取られ、露《あらわ》になった膨らみに彼の手が触れた。

乳房を包むほどの大きな手だった。

「嫌、と言いかけたのか？」

言葉尻を拾われ、アンジェラはすぐに首を横に振った。

本当は死ぬほど嫌だった。けれど、愛人になると決めた今、それは言ってはいけない言葉になった。

だが、初めて異性に触れられた恐怖に体は抗《あらが》えない。カタカタ…と全身を震わせ早くこの手が離れてくれることだけを祈った。

（あぁ、神様――っ）

願いが通じたのか、突然手が離れた。ホッとしたのもつかの間、

「お前、……処女か？」

不躾《ぶしつけ》な質問に今度は羞恥で体中が真っ赤になる。だったらどうだというの。

「だ、だったらなにっ⁉　す…するなら、さっさと済ませて！」

そんなこと、見ればわかるじゃないか。侯爵令嬢という肩書きがなければ、異性から見向きもされないことくらいギルバードが一番よく知っているだろう。

今更な質問に目尻が熱くなる。

愛人になるということは、体の関係を持つということ。異性経験がないアンジェラでもなにをするかくらいは知っている。

女好きのギルバードが自分みたいな体で満足するわけがない。彼が言ったではないか。

借金を踏み倒されるよりはましだ、と。

所詮《しょせん》、アンジェラなどその程度の価値しかない。

だったら、さっさと抱いて飽きてしまえばいい。

(絶対に泣くものですか)

喉を焼く感情を堪《こら》えながら、俯きギルバードの出方を待った。

「顔、上げろよ」

言われて、いやいや顔を上げる。すると、なにかを見たギルバードがチッと舌打ちした。

目を眇《すが》めアンジェラの腕を掴み、強引に執務机に仰向けに押し倒す。その拍子に眼鏡がはじけ飛んだ。ひやりとした木の感触の冷たさに「ひ…っ」と声が零れる。起き上がろうとすればば、ギルバードが覆い被さってきた。

「や……!」

思わず腕を振り上げて抵抗する。が、その手はあっさりと拘束され、机に縫いつけられた。

「なにす……んんっ!?」

次の瞬間、掬《すく》い上げるように唇を奪われた。

見開いた目に、伏せられた長い睫毛《まつげ》と、シャープな頬のラインが映り込む。押し当てられた柔らかい感触になにが起こったのかわからなかった。

愕然としたのも一時、我に返ったアンジェラは組み敷く体から抜け出そうともがいた。

「ん、んん――っ」

しかし、すぐに深くなった口づけで押し止められる。机に縫いつけられた手はぴくりとも動かなかった。なんて強い力なの。

首を振り嫌がっても、足をばたつかせてもギルバードの唇は執拗《しつよう》に追いかけてくる。

「ん……ぁっ」

息の仕方も知らないアンジェラは、酸素を求めて微かに唇を開いた。それが更なる恐怖を呼び込むとも知らず、目の前の苦しみからの解放を求めた。途端、なにかがするりと滑り込んできた。

肉厚の感触が舌に触れる。逃げれば追いかけられて、搦《から》め捕《と》られた。それがギルバードの舌だと知った時の恐怖であの日の忌まわしい記憶が蘇《よみがえ》ってきた。

(二度も、こんな男にっ!!)

唇を触れ合わせるだけが口づけだと思っていたアンジェラにとって、ギルバードとの行為は衝撃的すぎたのだ。

ただ怖くて、怖くて。口腔《こうこう》を蹂躙《じゅうりん》される恐怖に震え上がり、夢中で彼の舌を嚙んだ。

「――っ痛」

じわり…と口の中に鉄の味が広がる。唇が離れたと同時に、思いきり体をばたつかせギルバードの体を押しやった。

「恥知らず！　女なら本当に誰でもいいのねっ!!」

「口の利き方がなってないな、俺たちは対等じゃない。そのことをよく覚えておけ、いいな」

高圧的な口調はどこまでも不遜だ。

なのに、なにも言い返せないのは思いがけない近さで彼の顔があったから。

頬に触れるか触れないかの唇、かかる息の熱さと鼻孔をくすぐるジャスミンの香り。密着する体で感じた彼の重みと温度、なにより眼前にあるコバルトブルーの瞳に魅入《みい》られて、抵抗の言葉が出てこなかった。

「……わかったわ」

「わかりました、だろ」

「――ッ、わかりました！」

半ば叫ぶように言い直し、顔を背ける。

（ひどい、嫌がらせでこんなこと……っ）

震える体を机の上で丸め、ギュッと目を瞑《つむ》った。

そんなアンジェラの前でギルバードは嚙まれた舌でぺろりと下唇を舐めた。はじけ飛んだ眼鏡を取り上げ、手の中で握り潰す。

「じゃじゃ馬が、俺好みに躾け直してやるよ」

まるで新しいおもちゃを手に入れたような嬉々とした表情に抱いたのは憎しみと、こんな男にすべてを捧げなければならないことへの敗北感だった。

(でも、――負けない)

負けてなるものか。

これから始まる最悪の時間の中で、どれだけ体を蹂躙されようとも心だけは絶対に渡さない。

彼にアンジェラの心の中など覗かせはしない。

ギルバードは床に落ちていたチョコレート色のケープを手に取ると、なにを思ったのかそれをアンジェラの体に掛けた。

「今日からここで暮らせ。お前の部屋は執事に案内させる」

そう言い残すと、振り返りもせず部屋を出ていった。

残されたアンジェラは、掛けられたケープを強く握りしめ、屈辱にまた唇を噛みしめた。

☆★☆

威厳を保てたのは、執務室の扉を出るまでだった。

(なんなんだ、アイツは……)

天を仰いで嘆息し、扉に寄りかかった。

まさか、まだ処女だったなんて話が違う。彼女は勤めていた屋敷の伯爵との関係が夫人にばれて解雇されたのではなかったのか。

服を脱げと命じた時も、全裸で立たせた時も、まるで初心《うぶ》そのものだった。

さんざん男を味わったとは思えない反応が演技に思えて苛立ちを覚えた。しかし、それは乳房に触れても崩れなかった。蒼白になった顔と怯《おび》えた目に、自分が思い違いをしていることを悟った。

それなのに、アンジェラはギルバードを挑発するかのような啖呵を切った。

「す…するなら、さっさと済ませて！」

睨みつけた彼女の唇に滲《にじ》んだ血。自ら嚙み切ったと知り、気がつけば押し倒していた。掴んだ腕の細さ、痩軀《そうく》な体は少し力を加えるだけで容易《たやす》く折れてしまいそうだった。

ただでさえ細かったアンジェラ。

あかぎれだらけの指先、かさついた手は彼女がどんなふうにこの二年を過ごしてきたかを雄弁に語っていた。

「あんなに痩せやがって……っ」

零れた不満は自分へ向けたもの。

二年前と同じチョコレート色のケープは否応なくあの日のことを思い出させる。着古して起毛《きもう》が潰れたケープ、裏地はところどころ継ぎはぎが施されていた。

もともと物を大切にする女だったから、あのケープもそうなのだと思っていたが、違う。

アンジェラはケープを新調できないほど生活に逼迫《ひっぱく》していたのだ。

(そんなはずはない、あるわけがない)

アンジェラたちが生活に困るはずがないのだ。

予想外の現実を突きつけられた頭は、今も目にした事実を受け止めきれていない。

ギルバードが予想していたよりもさらに過酷な状況にアンジェラがいたことを、今頃思い知らされる。

二年ぶりに見たアンジェラの不機嫌面。目を合わす回数は少なかったが、黒縁眼鏡に隠れた猫目が繰り出す眼光には、変わらずギルバードへの嫌悪があった。そこに加わった憎しみと味わわせた屈辱。

(気の強さは健在か)

覚えているアンジェラと重なる部分を見られて、なぜかホッとする自分がいた。

だがそれは、同時に胸を抉る痛みをも伴っていた。

「ギルバード様」

かかる声に、ギルバードはゆらりと顔を向ける。佇むヘルマンを見遣《みや》り、

「中にアンジェラがいる。もうしばらくしたら彼女を部屋に案内してやってくれ」

溜息と共に命じた。

「南側の客室でよろしいでしょうか」

「――いや、三階のメイド部屋だ」

「客人扱いでも外聞《がいぶん》は保てるかと思いますが」

「いいんだ、今は波風を立てたくはない」

アンジェラを客人として屋敷に置くことを快く思わない輩が少なくとも二人いる。アンジェラは「愛人になる」と言っているが、その立場を嫌悪しているのは明らかだった。レイン侯爵は亡くなった奥方だけを愛していた。父親の一途《いちず》な愛を見続けたアンジェラにとって、愛人という存在は絵空事のようにあやふやなもののはず。ならば、メイドをさせた方が屋敷での居場所もあるだろう。

「アンジェラの身辺調査を。ボード伯爵家を解雇された本当の理由を調べてくれ。がせネタを摑まされるのは一度で十分だ」

「かしこまりました」

「あと――、いや。いい」

アンジェラにジャスミン茶を。言いかけた言葉を飲み込んだのは、そこになんの意味もないことを知っていたから。

今頃部屋の中で恐怖と屈辱に震えているだろうアンジェラに自分からの慰めなど、なんの役にも立たない。

体を起こし自室へ歩き出すと、脇に身を寄せたヘルマンが恭しく頭を下げて見送った。

自分はいつになったら、彼女に優しくできるのか。

歩き始めた茨《いばら》の道の先にあるもの。どうしても、今はそれを見たいとは思えなかった。

【第二章】


ギルバード・エリオットと初めて言葉を交わしたのは、十五歳の春だった。

「アンジェラ、紹介しよう。彼はエリオット男爵の長男ギルバードだ」

「初めまして、アンジェラ様。ギルバード・エリオットです」

差し出した手に儀礼的な口づけをする男を、アンジェラは以前から知っていた。黄金色《こがねいろ》の髪と、コバルトブルーの瞳。憂《うれ》いを帯びた双眸に魅入られれば、魂《たましい》を盗られてしまうとまことしやかに囁かれるほどの社交界きっての美貌の持ち主。

それがギルバード・エリオットだ。

見上げるほどの長身が野暮ったく見えないのは、恐ろしく全身のバランスが整っているせいだ。いったいなんの化身《けしん》かと思ってしまうほど、けた外れの美貌を持つ彼をアンジェラはしげしげと見つめていた。

(こんなに近くで見るのは初めてだわ。なんて冷たい手をしているのかしら)

「アンジェラです」

父が彼を紹介した理由は、数学の問題を解くより簡単なことだった。

社交界デビューを果たしたにもかかわらず、貴族たちの集まりに興味のないアンジェラを「今日だけは」と宥《なだ》めすかして連れてきたのは、この為だったのか。

「ゆくゆくは彼をお前の夫にと思っている。アンジェラも今年で十五、伴侶を持つには早い年ではない」

「……はい、お父様」

的中した婚約話に、なんと言っていいのか。返した返事は随分気のないものになった。

(だって、〝あの〟ギルバードなのよ？　信じられないわ)

年齢こそアンジェラとひと回りほど離れているが、煌びやかな容姿を持つ彼は実際よりもずっと若く見える。それでなくても貴族同士の結婚に年の差はさほど関係ない。アンジェラと年の変わらない令嬢が老男に嫁ぐことも珍しくなかった。

昨日までは遠くから眺めているだけだった存在が、突然誰よりも身近な人になろうとしている。これに度肝《どぎも》を抜かれない令嬢がいるのなら、ぜひともお目にかかってみたい。

それにしても、よく彼も頷いたものだ。

もしかして、ギルバードは婚約相手のことを知らされていなかったのだろうか。

(彼が私の夫？)

瞬き、やっぱり目の前に立つ男を見つめる。

侯爵家に生まれた以上、いずれ父のお眼鏡にかなった男性と結婚することは決められていたこと。それに異を唱えるつもりはないし、驚くこともないと思っていた。

だが、相手がギルバード・エリオットならば話は別だ。

(どうして彼が？)

目に宿した疑問を父に向けると、

「彼の父親、エリオット男爵とは飲み仲間でな。妻に先立たれた者同士、なにかと通ずるところがあるのだ。なにより、彼は実にいい男で、互いに年頃の子供がいるならという話になったのだよ」

「レイン侯爵、それは買い被りすぎですぞ」

ギルバードの横で恰幅《かっぷく》のいい紳士が鷹揚《おうよう》に笑った。見るからに人がよさそうな風采をしている。エリオット男爵はアンジェラに向き直ると、同じように手の甲に口づけてきた。ギルバードとは違う温かみのある手だった。

「ようやくお目にかかれましたな、アンジェラ殿。突然の話で驚いているだろうが、どうか前向きに考えてみてはくれないだろうか」

前向きもなにも親同士の心が決まっているのなら、もう決定事項だろう。

「息子もぜひ君と、と言っているんだ。どうだろう？」

エリオット男爵の言葉に驚くと、「お父さん」と隣でギルバードが僅《わず》かに頰を赤らめた。

(嘘、ギルバードが？)

いつ、自分は彼に見初《みそ》められる場面に遭遇していたのだろう。目を丸くすると、ギルバードがとても綺麗な苦笑を浮かべた。

「父の話は気にしないでください。アンジェラ様、このお話、勧めてもかまいませんか？」

かまうもなにも。

「え、ええ。あの」

「ありがとう、嬉しいよ」

いや、今の「ええ」は了承の意味ではないのだけれど。

アンジェラの返事を〝いい返事〟だと解釈したギルバードが表情を綻《ほころ》ばせた。ほっと息をつく様は、息を呑《の》むほど美しい。

ぼうっと見惚《みと》れていると、ギルバードがアンジェラの腕を取った。

「よろしければ、もう少し静かな場所で話しませんか」

ここはひと目について落ち着きません、とはにかむ表情にのぼせ上がっているうちに、手を引かれ中庭へ出ていた。

突然まとまった社交界一の美貌の貴公子と、冴えない侯爵令嬢の組み合わせに周囲からは好奇と驚愕、それ以上の羨望《せんぼう》の視線がきた。

自分のなにが彼の心を惹いたのかはわからないが、密かに憧《あこが》れていた相手から求婚された幸福と優越感は、気分を高める最高の美酒だ。くるぶしに羽根が生えたのかと思うほど、足が軽い。ふわふわと地面数センチ上を歩いている感覚を覚えながら、彼の隣を歩いた。

広間の明かりがほんのりと届くくらい離れた場所まで歩いたところで、不意にギルバードが足を止めた。

「この辺でいいか」

ひとり呟き、唐突にアンジェラの腕を振り払った。そうして脇にあったベンチに腰を下ろし、肩で息をつく。

その様子はまさに「うんざり」していた。

「あ、あの。ギルバード様？」

突然、放り出されたアンジェラの当惑に、ベンチの背に手を掛け、天を仰いでいたギルバードがチラリと視線をくれた。その後、鼻先で笑ったのだ。

「なにが〝深窓の令嬢〟だよ。期待持たせやがって。しかし、お前、本当冴えない女だな。――ま、いいか。どうせ子供を産ませるまでの辛抱だしな」

深窓の令嬢？　期待を持たせた??

子供を産ませるまでの辛抱、って――なんのこと!?

ガラリと変わった物腰の柔らかさなど欠片もない粗野な口調もさることながら、彼が発したあけすけな侮蔑に、耳を疑った。一瞬、本気で違う人間が言った言葉なのかと思い辺りを見渡してしまったほど、ギルバードの口調は違っていた。

「言っておくけど、さっきのアレは、全部ウソ。演技だから期待するなよ」

「……え？　演技って」

「お前だってこれが政略結婚だという自覚くらいあるよな。俺たちは侯爵家の後ろ盾欲しさに、この婚約に頷いた。レイン侯爵の思惑は……」

ギルバードはアンジェラを一瞥し、「だいたい予想はつくよな」と笑った。

「俺はお前になんて興味ないし、この先お前に望むことは、とっとと男子を産んで、俺を自由にしてくれってことだけだ」

「自由……」

「そ。愛人を囲わせろ、ってこと。冴えない上にどん臭いのかよ。ほとほと疲れるな」

あー面倒臭い。とぼやくギルバードに、アンジェラは開いた口が塞がらなかった。

こうもあからさまに「冴えない」だの「子を産む道具」だのと侮辱を投げつけられたことはない。挙句《あげく》、「子を成した暁《あかつき》には愛人を囲わせろ」だ？

（なにを考えてらっしゃるの、この人……）

あんぐりと口を開けたまま、目の前でだらけきっているギルバードを凝視する。

言われた言葉がぐるぐるの頭の中で渦を巻いている。やがてそれは加速し、沸々《ふつふつ》と憤《いきどお》りをこみ上げさせた。

（さいっっってい!!）

怒りに肩を震わせていると、追い打ちをかける一言が投げつけられた。

「それから、これからは俺の婚約者になるんだから、もっと人目を気にしろ。化粧くらい常識だろ」

なんて失礼な男！

黙って聞いていれば、己の無礼さを棚に上げて、よくもそれだけ人をこきおろすことができたものだ。仮にも初対面の相手なのだから、最低限の礼儀くらいわきまえるべきだろう。

これがひと回り多く年を重ねた人間のすることなのか。孤児院の子供たちだって、もう少しましな口を利くというのに。

ギルバードは用件は済んだとばかりに、広間の明かりを眺めていた。どうせ、早くあの華やかな場所へ戻って、今宵《こよい》の夜会を楽しみたいのだろう。

（そう、見てなさい）

十五歳の小娘だと舐《な》めてかかっているのなら大間違いだ。アンジェラは言われっぱなしで終われる性分ではない。

一矢《いっし》報いてやろうと扇《おうぎ》で口元を隠し、猫目の双眸をさらに吊り上げて、ふてぶてしい男を睨みつけた。

「そういうあなたは身の程をわかっていらっしゃらないようね」

できるだけ声音は抑えて、感情を消した。

「どういう意味だよ」

口にした反撃に、ギルバードは容易く食いついてきた。

アンジェラは扇の奥でしたり笑い、侯爵令嬢として培《つちか》ってきた威厳をこれでもかと振りかざす。

「上流階級に馴染《なじ》もうとするあなたの必死さは以前から見苦しいものがあったわ。せめてこの先、あなたを〝仕方なく〟夫と呼ばなければいけないのなら、私と見合うだけの気品と風格を身につけていただきたいものね。それと、政略結婚に必要なのは美貌ではなく地位の高さですのよ。あら、ご存知ありませんの？　私の夫候補などいくらでもいるのです。あなたは手に入れた幸運をせいぜい大切になさるのね」

口の利き方に気をつけろ、と釘を刺せば、目の前の男が目を剝《む》いた。

「おい」

「おっしゃる通り、私は貴族の娘です。いずれ父が決めた方と結婚することは承知しておりますわ。誤解なさらないでくださいい、この婚約に頷いたのは父が決めたことだからです。でなければ、誰があなたのような見かけ倒しの方との結婚を喜ぶものですか。父の目も今度ばかりは曇っていたのかしら？　どうせなら、エリオット男爵を夫にとご紹介していただけたら私もまだ納得がいきましたのに」

「俺よりも、自分の父と変わらない年の男の方がましだと？」

「いけませんか？　男爵はあなたと違う人柄をお持ちの方だとお見受けしましたわ。事業の才もあり、申し分ない方だと思いますけれど」

暗に器《うつわ》の違いを指摘すれば、ギルバードの表情にはっきりと剣呑《けんのん》さが浮かんだ。ギリッと歯ぎしりする音がここまで聞こえてきそうだ。

小娘からの痛烈な批判に、彼が相当苛立っているのは明白。だが、それも元はこの男が蒔《ま》いた種だ。不躾な無礼には、上品な悪罵《あくば》をもって応える。それがアンジェラの流儀だ。

「世の女性すべてがあなたに夢中だと思っていらっしゃるなら、思い上がりも甚《はなは》だしいですわよ」

言い放ち、パチンと扇を閉じた。

「ですが、ご安心ください。婚約はして差し上げますわ」

あくまで上から見下す姿勢を崩さず、今の自分にできる最高に優美な微笑を浮かべた。その後、ぐうの音も出せずにいる男を睥睨《へいげい》し、

「ごきげんよう、ギルバード様」

と、言い残して踵《きびす》を返した。

多少言いすぎた感はあったが、売られた喧嘩《けんか》を流せるほど、アンジェラは大人でもないし、しとやかでもない。父からは何度もこの性格をどうにかしろと言われ続けているが、持って生まれたものを変えるのは容易なことではなかった。

ギルバードは露骨に美貌を屈辱で歪ませている。

（いい気味よ、せいぜい悔しがればいいんだわ）

フンと鼻を鳴らし、揚々《ようよう》と屋敷へ戻ろうとした。

来るんじゃなかった、と溜息を吐いた時だ。ギルバードに腕を引かれた。後ろへよろけると、そこはギルバードの腕の中。

「――――ッ！」

その一秒後、唇になにかが重なった。

顎《あご》を持ち上げられた状態で顔に覆い被さっているのは、絶世の美貌。長い睫毛と頬が描く曲線美があり得ない距離で見えている。だとしたら、今自分の唇に重なっているものは、まさか……。

(噓、噓――っ！　まさか、これって!?)

「――やっ！」

初めての接吻《せつぷん》に身を捩《よじ》り、抗った。が、ギルバードの腕は想像以上に力強く、アンジェラの抵抗を難なく押さえ込んでしまう。深く抱き込まれ、同時に口づけも深められた。息苦しさにぎゅっと目を瞑り、握りしめた拳でギルバードの肩を何度も叩く。

息苦しさから酸素を求めて口を開くと、待ち構えていたようになにかが口腔に入ってきた。

「ん、んん――っ！」

初めて味わう感触にアンジェラは目を見張った。自分の舌に触れた肉厚な感触のおぞましさに体が震える。嫌がり、身をくねらせてもギルバードは口づけを止めてはくれない。

搦め捕られた舌を嬲《なぶ》られれば肩が跳ねる。上顎を舌先でなぞられる行為に、彼の肩に置いた拳をさらに強く握りしめることで耐えた。追い打ちをかけるような息苦しさに、頭がぼうっと霞《かす》みがかってくる。口腔を蹂躙される恐怖と酸欠の苦しさで涙目になった頃、ようやくギルバードが顔を上げた。

パン――ッ。

夜の中庭に、頬を打つ音が響く。

「な……、なっ！」

「生意気なんだよ、お前」

平手打ちを受けてもなお色悪な顔が、薄ら笑った。

「な、なんて無礼なの！」

断りもなく唇を奪うなんて、どこまで最低なのだ。

「こんな小娘にコケにされるとはね、久しぶりに腹立たしいな」

「なにをぬけぬけと……っ、先に礼を欠いたのはあなたの方じゃない！」

「俺は自分に正直なだけだ。文句を言われたくなければ、言われないだけの恰好をすればいいだろ」

「でしたら初めからあなた好みの方を選べばいいのよ！　令嬢は私だけではないわ!!」

治まらない怒りに任せて、もう一度手を振り上げるが、難なくギルバードに阻《はば》まれた。

顔を近づけられて、反射的に身を竦ませる。勝気でいても体が感じた恐怖には抗えなかった。

異性との経験がないことを悟ったギルバードが、ニヤリと口角を上げた。

「もう一度、口づけてやろうか」

完全にからかわれている。

余裕を醸す態度が癪《しゃく》に障ると、アンジェラはヒールの先で思いきりギルバードの脛《すね》を蹴飛ばしてやった。

「――っ痛！」

一瞬、怯んだ隙に素早くギルバードから離れる。

「こ、婚約なんて絶対しないんだからっ!!」

叫び、逃げるようにその場から立ち去った。返り討ちにするはずだったのに、終わってみれば吠えて逃げ出したのはアンジェラだった。

(悔しいっ、悔しい!!)

アンジェラはすぐさま父にこの婚約を取りやめてくれるよう懇願した。ギルバード以外の人なら誰でもいいとまで言ったが、父はアンジェラが突然の婚約に動揺しているだけだと笑いまともに取り合ってくれなかった。

それからは、ひたすら苦痛の日々だった。

行きたくもない夜会に「ギルバードと親しくなりなさい」という理由で父に連れて行かれ、なにかにつけて一緒にいさせようとされたからだ。

ギルバードは人前ではアンジェラを慈《いつく》しむふりをしながらも、耳元で囁く侮蔑はどれもいちいちアンジェラを苛立たせた。

時には、わざとアンジェラの前で友人の令嬢を褒めた。うっとりとギルバードに見惚れる友人と談笑を楽しむ傍《かたわ》ら、横目でアンジェラを挑発してくるのだ。

まるで自分の魅力を誇示するような態度は、ひたすら鼻につく。無視してやりたくても、ギルバードの美貌はどこにいても視界の端に入ってきた。

(あぁっ、忌々しい!　でも、そんなに言うほど私って、ブサイクなのね……)

夢物語に出てくるような理想の王子様が、実は醜悪《しゅうあく》な性格の持ち主だったなんて、詐欺だ。

ギルバードの密やかな嫌がらせにどれだけ気丈に振る舞ってみせても、十五歳の心は鋼《はがね》ではない。美しくないと言われれば傷つきもするし、自分の姿を見ることが嫌になってくる。ギルバードの視界に入ることが怖くなると、アンジェラの足はまた社交界から遠のくようになっていった。

そばかすを隠す為に黒縁の眼鏡をかけ、貴族たちが集まりそうな場所には出向かず、慈善事業に力を注ぐようになった。

以前から時間を見つけては孤児院を訪れていたアンジェラ。優劣ばかりを競い合う貴族の中にいるより、子供たちと泥んこになって遊ぶ方がアンジェラにはよほど有意義であり、楽しかった。

子供たちはアンジェラの赤い髪がとても好きだと言ってくれる。そばかすのことだって、誰も馬鹿にしない。彼らにとって身分や容姿の善し悪しは取るに足らないことなのだ。

アンジェラにとって、この場所は武装し縮こまった心が解放される、唯一の場所だった。

彼らの為に力になれることはないだろうか。

アンジェラに居場所を与えてくれた彼らに、なにか恩返しがしたい。いつしか、アンジェラは彼らの将来について真剣に考えるようになっていた。

社交界に行かなくなって季節がひとつ変わろうとしていた頃、孤児院から戻ってきたアンジェラに執事がギルバードの来訪を告げた。

南側にあるテラスでアンジェラを待っているというのだ。

(なにしに来たのよ)

内心うんざりしながらも服を着替えるために、衣装部屋へ入った。子供たちの世話をする為に着ていた動きやすいワンピースを脱ぎ、令嬢らしい装いを身に纏う。

テラスに行くと、父とギルバードが談笑していた。

「父様、ただいま戻りました」

「おかえり、アンジェラ」

帰宅の挨拶《あいさつ》を済ませ、ギルバードに向き直る。

「ごきげんよう、ギルバード様」

形ばかりの礼を払い、目線で帰れと威嚇《いかく》した。

今日も流行の服を着こなしたギルバードは、中庭の美に負けないほど華やかで美しい。

孤児院では外していた眼鏡を指の背で押し上げ、ギルバードを睥睨する。二人の傍に近寄らないのは、すぐに退出するつもりだったからだ。

「ごきげんよう、アンジェラ様」

嘘くさい柔和《にゅうわ》な微笑に、唐突な苛立ちを覚えた。

「今日はどういったご用向きなのですか」

「婚約者殿に会いに来たのだけれど、いけなかったかな。しばらく社交界で会えなかったから、具合を悪くしたのかと心配していたんだ」

「そう。ご丁寧にありがとうございます。なんだか急にここに来て気分が悪くなったのですが、なにかにあたったのかしら」

ギルバードの顔を見たから気分が悪い、と匂わせて、視線を明後日の方へやった。

「申しわけない、この通りアンは天邪鬼《あまのじゃく》なところがあってね。好きな相手にほどつれない態度をとってしまうんだ」

父の勝手な仲裁にギョッとし、「父様！」と父を睨んだ。

「アン、折角ギルバードがみえたのだ。お相手して差し上げなさい。お前も随分彼と話していないだろう」

「そんなっ、父様。私はこれから勉強を」

「この後にすればいいだろう。家庭教師には私から言っておこう。いいね」

珍しく強い口調は、アンジェラの拒絶を許さなかった。

「……はい」

渋々頷くと、父は満足げに頷き、先にテラスを出ていった。

ふたりきりになると、途端に気まずさが心を重くさせる。執事がお茶の用意が乗ったワゴンを押してきた。

「私がするわ、ありがとう」

執事の後を引き継ぎ、アンジェラは手慣れた仕草でお茶を淹れ始める。注いだティーカップをギルバードの前に置いた。

「どうぞ」

自分も先ほどまで父が座っていた席にカップを置いて、座った。

やりきれなさを吐き出してから、お茶を口に含む。薫るジャスミンの香りは、ささくれだった心をほんの少し癒してくれる。無意識に口元を綻ばせて、アンジェラは中庭を眺めた。今更ギルバードと話すことなど、なにもない。互いが抱く印象はこれ以上ないくらい最悪になっているだろうし、結婚直後から仮面夫婦になることはわかりきっている。

ギルバードは子供ができるまでと言っていたが、果たしてそこまで彼がこの居心地の悪さに耐えられるだろうか。きっと三日としないうちに愛人を囲ってしまうに決まっている。

（その時は、私もしたいことをしよう）

子供たちの為に、学校を作るのはどうだろう。仕事をしたいと言う者も何人かいる。彼らの為に職業訓練校を作るのもいいかも知れない。彼らはのうのうと贅沢《ぜいたく》の中で生きているアンジェラとは違い、何事に対しても熱心で貪欲だ。中にはアンジェラが頭を抱えるほど難解な問題を一晩で解いてしまうほど優秀な頭脳を持った少年もいる。彼の質問に答えるために、おのずとアンジェラも勉強をせざるを得ない状況になっていた。それはアンジェラには苦痛なことだが、同時に喜びも感じていた。

目の前で子供たちの成長を見られることが嬉しくて、楽しい。

彼らに必要なのは、環境だ。この先の未来を支える大切な原石たちの夢の手助けがしたい。

アンジェラが抱いた、小さいけれどとても大きな夢。

その為に、自分はなにをすればいいだろう。

「最近、夜会に出てこないじゃないか」

沈黙に痺れを切らしたのか。思考を遮ったくだらない問いかけに、アンジェラは視線だけ動かした。

「毎夜、美しいものに囲まれていても、ご不満がおありなの？　私のことはお気になさらずどうか自由を満喫してらして」

「レイン侯爵から聞いたよ。最近、夢中になっているものがあるんだって？」

「あなたには関係のないことよ」

流行を追い、爵位の為だけに冴えない令嬢と結婚しようとする男には縁のない話だ。

貴族の中には孤児院に差別的な目を向ける者もいる、その典型的な人物像が目の前にいる煌びやかな世界を愛する者だ。

「お前〝アン〟と呼ばれているんだな」

「気安く呼ばないで。あなたはお忘れでしょうが、私の名前はお前ではなくアンジェラというの」

ギルバードは初めから〝お前〟としか呼ばない。

「それで、なにしにいらしたの。顔を見に来たのなら用事は済んだはずよ」

「その眼鏡、外せよ」

「嫌」

伸びてきた手を邪険に払った。

噛み合わない会話に苛々する。顔を見たくないから夜会に行かなくなったことくらい、ギルバードだって気づいているはずだ。なのに、どうして彼は屋敷を訪ねてきたりしたの。

（かまわないでほしいのに）

次、顔を合わすのは婚儀の時だと思っていただけに、彼の来訪は甚だ疑問だった。

苛々した気分を鎮めたくて、また中庭に視線を向けた。夏の匂いが残る風が植木の葉を撫でていく。早くこの時間が終わればいいのにと思っていると、視界の端に小さな箱が映った。

うろんな顔をすれば、「開けて」と言われる。

（贈り物……？　ううん、まさかあり得ないわ）

あのギルバードがアンジェラに贈り物をするはずがない。どんな魂胆《こんたん》があるのかと思うと、すぐには手を伸ばせなかった。

「安心しろ、ガキみたいな悪戯《いたずら》は仕込んでないから」

からかい口調に、ムッとした。子供たちにもらった箱に蛙《かえる》が入っていて腰を抜かしたのは、今日の昼過ぎのことだ。見ていたような物言いに、ツンと顎を上げる。手を伸ばし、紺色のリボンを外す。縦長の箱を開ければ、中に入っていたのは透明なガラスに入った香水だった。ダイヤモンドカットを施された瓶は、傾きかけた夕日を受けて茜色《あかねいろ》に輝いている。

「綺麗……」

思わず呟き、ハッと口を手で押さえた。

「これが、どうかされたの？　どなたかへの贈り物ですか」

「婚約者に贈り物くらい普通はするだろう」

「望んでなどいないのに？」

「望んでるさ」

「レイン家の後ろ盾を、でしょう。見え見えね」

なるほど、これはめっきり社交界に姿を見せなくなった婚約者へのご機嫌取りというわけだ。もしかして、不仲説でも流れて焦《あせ》っているのかも知れない。レイン侯爵家の後ろ盾を欲しがる貴族はギルバードだけではないと言ったのは嘘ではない。そのことにギルバード自身、ようやく気がついたというところだろう。

（呆れた人……）

散々アンジェラを蔑《ないがし》ろにしたくせに、掌を返したような態度には失笑しか出てこなかった。

ふわりと風が髪をなびかせた。茜色に染まり出した空の神々しさに目を細め、社交辞令だとわかっていても彼からの贈り物に心を弾ませている自分を笑った。

どうして彼なんかからの贈り物が嬉しいのだろう。

ふと視線を感じて何気なく前を向けば、ギルバードがじっとこちらを見ていた。

「なに？」

「──いや、なんでもない」

珍しく慌てた表情を隠すように、横を向いた。思えば、アンジェラから顔を背けることは多々あるが、彼が先に視線を逸らしたのはこれが初めてだ。

首を傾げると、ややして「アンジェラ」と呼ばれた。

ようやく名前を呼ばれて、トクン…と胸が高鳴った。

「明日の夜会にも来ないつもりなのか。なんなら俺が同伴してやるぞ」

嫌いな相手の機嫌を取ろうとするギルバードの気遣いが滑稽《こっけい》に思えた。そこまでしてレイン家の威光が欲しいのか。

「心配しなくても、あなたとは結婚するわ。——それが聞きたかったのでしょう?」

これ見よがしの贈り物など持ってこなくても、決められている以上、結婚はする。その先に待ち受けているものは不幸だけでも、それがアンジェラに定められた運命なのだ。周囲の望み通り男子を産み、ギルバードの立場を確固たるものにさえすればいい。彼がその後どれほどの美女を愛人に選ぼうとも、——アンジェラにはかかわりのないこと。

「お忙しいのに、わざわざ足を運ばせてしまって申しわけありませんでした。今宵もまた夜会へ行かれるのでしょう? どうぞ、存分に楽しんでいらして」

「アンジェラ、あのな」

「ごきげんよう、ギルバード様。次お会いする時は教会かしらね」

彼の言葉を遮り席を立つと、香水を手にテラスを出た。

しかし、その言葉は現実になることはなかった。

その年の秋、父の逮捕によりレイン家は没落。父は一切の罪を認めなかった為、極寒の地へ強制収監され、レイン家は爵位を王家へ返上。事件発覚と同時にエリオット家はレイン家に婚約破棄を突きつけ、一切のかかわりを断った。

あれから二年。

かつて父がやりかけた事業を買収したエリオット家は、それを成功へと導き財を得た。今や、エリオット家の発言は社交界でも無視できない存在になっているという。

その立役者であるギルバードは、実業家としても一貴族としても注目の存在になっている。

彼の妻になりたいと願う令嬢は、社交界に星の数ほどいるだろう。

そんな彼がアンジェラを愛人に据えた。かつて「あり得ない」と笑った容姿のアンジェラをだ。

なんの冗談かと思ったが、これほど単純で明快な理由はない。

二年前は爵位の為、そして今度はお金の為にアンジェラを欲した。それだけのことだ。

アンジェラは、一生彼には人として見られることはないのかも知れない。

☆★☆

どんな生活になるのかと思っていた愛人暮らしだったが、アンジェラが思っていたような悲惨な境遇とは随分違っていた。

メイド頭《がしら》に案内された場所は三階の個室。

魔法使いのような尖《とが》った鼻をした痩軀な女性は、

「あなたがどういう家の方であろうと、このお屋敷で働く以上、特別扱いはいたしません」

と、言った。

与えられた衣服は、薄桃色に小花がプリントされたドレスと、黒いフォーマルなドレス。それぞれに合わせたエプロンとキャップがそれぞれ三着ずつ。

「あの、これは……」

アンジェラの認識が正しければ、これはメイドのお仕着せだ。

戸惑うと、「当面はそちらを着て、屋敷のことを覚えていただきます」と言われた。メイド頭は発する声までツンと尖っていた。

それからは、毎朝六時半に起床し、七時半まで各部屋の掃除。アンジェラにはメイド見習いという肩書きに『ギルバード専用』という不名誉な肩書きがつけ加えられた。それは意図したわけではなく、ことあるごとにギルバードがアンジェラを名指しで指名してくるからだ。朝の着替えから、出勤時の見送り。夕方の出迎えに、夜の支度まで、とにかくアンジェラをこき使う。

「若旦那様って、自分でなんでもされる方だったのに珍しいわね」

なんて、不思議がるメイドに「実はお金で買われた愛人なんです」と言うわけにもいかず、曖昧に笑ってごまかすしかなかった。

だが、彼専用になっていいことがひとつだけあるのだ。

「アンジェラ、これをギルバード様のところへ届けて」

「はい！」

内心待っていましたと小躍りしながら、ワゴンに用意されたお茶とお菓子を運び、ギルバードがいる執務室の扉を叩いた。

「失礼します」

執務机で書類に目を通しているギルバードを横目に、窓際に置かれたテーブルの上にお茶の準備をする。ギルバードは紅茶よりもジャスミン茶を好んだ。蒸らした茶葉を注げば、ジャスミンの優しい香りが広がる。アンジェラの大好きな香りだ。隣に切り分けたブルーベリータルトを用意したところで、ギルバードを呼んだ。

「ご用意できました」

「あぁ」

書類片手に立ち上がったギルバードが用意された席へ座る。決まって窓を向いた席だ。

「そこに座れ」

命ぜられるまま、彼の向かい側に腰を下ろす。本来、使用人が主《あるじ》と同席することなどあってはならないことなのに、ギルバード曰く「この時間帯は夕日が邪魔なんだよ。丁度いいからそこに座って日よけになっていろ」なのだそうだ。

だったら、ギルバード自身が窓に背を向けて座ればいいだけなのに、その解決策は思いついていないらしい。

言われた時はカチンときたが、お金で買われた身だと思えば従わざるを得ない。「髪」と単語の命令に、アンジェラは被っていたキャップを外し、ひとつに結い上げていた髪をほどいた。彼は少しでも日よけの面積を増やしたいのだろう。

緩く波打ち赤毛が背中を覆う。ギルバードはその姿に僅かに目を細め、視線でケーキを指した。

そう、これが『いいこと』なのだ。

どういう風の吹き回しなのか、彼は彼の為に用意されたお菓子をアンジェラにくれる。それも彼に用意されているお菓子は決まってタルト。ブルーベリー、マロン、レモンクリームにリンゴと種類は日によって違うが、タルトであることだけは一貫している。

(知らなかった、ギルバードってタルト好きだったのね)

はじめて言われた時は絶対になにか裏があると思ったが、彼は何事もなかったように書類を読み続けていた。

愛人とは主人のお菓子を代わりに食べることなのかと勘違いしてしまうほど、甘くて美味しい時間。実はアンジェラはタルトが大好きなのだ。

「美味《うま》いか」

知らずに頬が緩んでいたのだろう。口に広がるブルーベリーの甘酸っぱさに満面の笑みを浮かべたところを偶然ギルバードに見られた。

そばかすが消えるほど頬を赤らめ、「ご、ごめんなさいっ」とタルトが乗った皿をテーブルに返した。

「別にいいさ」

空笑い、ギルバードはまた書類に目を落とす。怒られなかったことを訝《いぶか》しみながらも、またおずおずとタルトに手を伸ばした。

ギルバードは毎日とても忙しそうだ。

アンジェラがこの屋敷に来て一週間が経とうとしているが、彼は朝から晩まで働いている。夜会へ出かけることもあるが、昔のように頻繁《ひんぱん》に出かけるわけではない。

(こんな人だったかしら)

アンジェラの中にあったギルバード像とは違う姿に、戸惑いを覚えていた。なにが彼を変えたのだろう。それとも、これが彼本来の姿なのだろうか。

じっと見つめていると、「鬱陶《うっとう》しい」と睨まれた。

「言いたいことがあるなら、口で言え。昔はよく吠えてただろ」

「ほ、吠えていませんっ。……ただ、そのお忙しそうだと思っただけです」

「折角成し遂げた事業を傾けさせるわけにはいかないからな。俺の肩に何千という人間の生活が懸かっているんだ、真剣にもなるだろう」

事業家らしい持論に、アンジェラは大きな猫目をぱちくりと瞬かせた。

それは父が言っていた言葉とよく似ていた。

「なんだ、その顔は。俺がまともなことを言うのはそんなに意外か」

「ええ、――あっ！　いいえ、決してそのようなこと」

「思っていた、と言ってるも同然だな」

慌てふためくアンジェラに、ギルバードが呆れ顔になった。書類を脇に置き、ジャスミン茶を一口飲む。

たったそれだけの所作が、とても優雅だった。

「メイドは慣れたか？　制服も似合うじゃないか。俺としてはもう少しフリルがついているのが好きなんだが、禁欲的な感じもいいな」

「――？　は、はい。みなさん、とてもよくしてくださいます」

フリルからのくだりはよく分からなかったが、この屋敷が使用人にとって働きやすい環境であることは実感している。

「明日は休暇日だったな。なにをするつもりだ」

ギルバードが使用人の休暇日まで把握していることに驚きながらも、「外へ出ようと思っています」と答えた。

「そうか」

そこで会話が途切れ、沈黙が流れた。けれど、以前ほど居心地の悪さは感じなかった。

なんだろう、この感じ。初めて彼とまともな会話をしている気がする。

傍に寄るのも嫌で仕方がなかった人のはずなのに、こうしてお茶を飲み同じ時間を過ごしているなんて信じられない。

（お菓子で懐柔《かいじゅう》されたのかしら？）

毎日大好きなお菓子をくれる人だから心を許した、とか。――まさか、あり得ないわ。

自分はそれほどお気楽じゃない、と思う反面、少しだけギルバードのことを知りたいと思っている自分がいることにも気がついていた。

どうして毎日、アンジェラにお菓子をくれるのか。なぜアンジェラばかりに用事を言いつけるのか。

はじめは彼特有の嫌がらせなのかと思っていたが、少し違う気もしている。

かつてあったギルバードの刺々《とげとげ》しさが薄れているように思えるのだ。口調は相変わらず粗野だが、昔のような露骨な蔑みは受けなくなった。

二年前は美しいだけの人だった。そこに今は、風格という威厳が滲み始めている。

ギルバードはこのままアンジェラをメイドとして働かせるつもりなのだろうか。それはそれでありがたいが、借金はどうなるのだろう。

「なんだよ、見惚れるほど俺がいい男なのは知ってるぞ」

「ち、違いますっ！　そのようなことはちっっっっとも考えていませんでした!!」

「全力否定かよ。じゃあ、なにを考えてたんだ、ん?」

「あなたには関係のないことですっ！」

そうだ、ギルバードはこういう性格だったじゃないか。すぐつけあがり、思い上がる。そんな男に思いきりあなたのことを考えていたなど、口が裂けても言うものか。

ぷいっと横を向くと、「……変わってないな」と笑われた。

「髪、伸びたな。一度も手を入れていないのか」

「――忙しくて行く時間がありません」

前髪くらいは自分で切っているが、ある程度長さがあると括《くく》ってしまえばごまかせるものなのだ。令嬢だった頃のような艶《つや》は無くなったが、見た目にかまったところで土台がこれなのだから程度が知れている。

「綺麗な髪なのにな」

「え？」

届いた呟きに瞬くと、

「お前、本当は俺以外に婚約者候補などいなかっただろう」

と、話題を逸らされた。

「そんなことはありません」

「レイン侯爵がお前を溺愛《できあい》していたことは有名だったぞ。なにせ〝深窓の令嬢〟だと言われていたくらいだったからな」

「ご期待に沿えず、申しわけありませんでした。あなたもその噂に踊らされたおひとりでしたものね」

「俺のことはどうでもいいだろ。――で、いたのか」

「どうしてそのようなことをお聞きになるのですかっ？　いたら、どうだというの」

アンジェラが異性の目に魅力的に映らないことくらい、ギルバードもよく知っているのではないか。誰よりもアンジェラの容姿を嫌っていたくせに。口を尖らせれば、「悔しいから」と言われた。

「は？　――あぁ、折角の獲物を横取りされるという危惧ですね」

一瞬、違う意味にとりかけたが、ギルバードに限って甘い発想になるわけがない。

「どん臭い奴。言葉の駆け引きもできないのか」

「事実を申し上げているだけです。昔、ギルバード様から似た言葉をたくさんいただきましたもの。面倒臭い、冴えない、疲れる。あとは生意気、だったでしょうか」

指を折って過去言われた罵倒《ばとう》を並べると、ギルバードが露骨に嫌な顔をした。

「お気になさらないでください。私も気にしていませんから」

事実、ギルバードに映っていたアンジェラはそうだったのだろう。ギルバードの前に立つと、自分でもいきすぎだと感じるほど意固地になっていた。

それもこれも、元をたどればギルバードの性格の悪さが根源なのだが、今はもう遠い昔のことだ。

ギルバードは成功者、アンジェラは一介のメイド。二度と歩く道は交わったりしない。

すまし顔でお茶を飲んでいると、「……にしろよ」とくぐもった声がした。

聞き取れなくて首を傾げれば、少しだけ眉を寄せたギルバードがいた。

「また俺を締め出すのか」

「なんのことですか？」

「お前は俺を嫌っているもんな。今更だろ？　他の男に嫉妬《しっと》してたなんてさ」

「はい？」

突然なにを言い出すの、嫌っているのはお互い様だったじゃない。

目を白黒させてギルバードを凝視すると、途端にやりと口端が上がった。

「て、言ったらどうする」

「さ——っ、最低ね!!」

からかわれたとわかった途端、頭に血が上った。立ち上がり、「ごちそうさま」と部屋を出ていきかける。

「おい、片付けていけよ」

が、すんでのところで自分の身分を思い出させられ、苦虫を嚙み潰した。苛立ちを堪えながら、手早くテーブルの上を片付ける。

「怒ったのか？」

ニヤニヤしながら問いかけるギルバードを徹底的に無視した。これ以上、彼の冗談に付き合っていたくない。

「失礼しました！」

今度こそ、出ていこうとした時だ。

「待てよ」

腕を引かれギルバードの胸の中に倒れ込んだ拍子に口づけられた。それは一瞬の出来事。

目を見開けば、「本当だからな」と囁かれた。

顔を真っ赤にするアンジェラに、ギルバードはポケットから金貨を取り出し、エプロンのポケットに落とす。

「キス代だ、とっておけ」

言って、ワゴンもろとも部屋を放り出された。

（なんなの、なんなのっ、なんなの――っ!?）

ずるずると廊下にへたり込み、今起きたことに頭の中が真っ白になった。

なにが本当なの、どこまで本気なの。

アンジェラにギルバード以外の婚約者候補がいたことに、彼が本気で嫉妬していたとでもいうの。そんなはずはない、彼が欲していたのはレイン家の威光だ。

（でも、だったら今の口づけはどういう意味があるの）

また彼の嫌がらせなのか、それとも本気で彼はアンジェラに。

そこまで考えて、ポケットに落とされた硬貨の存在に気がついた。

（馬鹿ね、そんなわけないじゃない）

手に取り、金色に輝くそれを見た途端、昂《たかぶ》った心が冷えた。

これは口づけ代。彼が本気で嫉妬したのなら、こんなものを渡すはずがない。

（私は愛人なんだもの……）

正式に愛人になったわけではないが、想い人に口づけて金を渡す男がどこにいる。

勘違いするな、これもギルバード流の嫌がらせに決まっている。

アンジェラを弄《もてあそ》ぶ為なら、偽りの愛だって囁くのだ。

鼻を啜《すす》り、ゆっくりと立ち上がった。ワゴンを押し、調理場への長い道のりを歩く。

所詮、自分はギルバードのおもちゃでしかないのだ。

☆★☆

「エマ、調子はどう？」

初めての休暇日。病院に顔を出すと、外の景色を見ていたエマがふわりと春の陽ざしのような温かな笑顔を見せてくれた。

「まぁ、お嬢様。おかげさまで随分とよくなりましたよ。これもお嬢様がホプソン先生を呼んでくださったおかげです」

「そう、よかったわ！　先生も経過は良好だとおっしゃってくださっているの。この分なら退院も近いわね」

「さようでございますか、もう随分と長い間ベッドにいるような気がしていたところなのでホッとしますわ。すっかり体がなまってしまって、どうしようかと思っていたところなのです。アパートへ戻ったら部屋の掃除と、クリスマスの準備をしなければいけませんね」

「エマったら、駄目よ。しばらくはゆっくりしていて。それにクリスマスはエリオット家のお仕事があるの」

「エリオット家でございますか？　またそれはどうして」

目を丸くしたエマに、エリオット家で働き出したことを話した。督促状のことで嘘をついていたことを詫びたうえで、今は返済の為に特別にお屋敷で雇ってもらっていると告げると、エマは浮かない顔をした。

「お嬢様はそれでよろしいのですか？　仮にも一度は婚約をした相手のお屋敷ですよ」

「仕方がないわ、父様が残した借金なら私が返していかなくちゃいけないもの。それに、みなさんとても優しいのよ。あのお屋敷には難しい奥方様もいらっしゃらないしね」

茶目《ちゃめ》っ気を交えておどけると、「まぁ」とエマが呆れた。

「だから、エマはしっかりとここで養生して」

「ですが、あまり長居をしては治療費もかさみます」

「大丈夫よ、心配いらないわ。実はギルバードがお金を用立ててくれたの」

エマに話す言葉は嘘ではないが、言えない経緯もある。それでも、これ以上エマに心配をかけさせたくなかった。

「ごめんなさいね、エマ。あなたに苦労をさせていることも気づかなくて、本当に駄目ね。私……。エマにはとんだお荷物を背負わせてしまったと思っているの。私など放り出してしまえば、いくらでも違う人生があったのに、ごめんなさい」

体を壊すほど働かせてしまったのは、当時アンジェラがなにもできなかったせいだ。

詫びると、「お嬢様」と諌《いさ》められた。

「前にも申し上げたと思いますよ。私はこの手にお嬢様を抱いた時から、生涯お嬢様にお仕えすると決めたのです。いつか素敵な殿方に嫁がれるその日まで私はずっとお嬢様のお傍におります！」

力強い言葉に、アンジェラはクスクス笑った。

「だったら、ずっと私はエマと一緒にいられるのね。私に素敵な殿方など現れるはずないもの」

「どうしてでございますか？　お嬢様はこんなにもお綺麗でいらっしゃるのに」

「冗談はよして、そんなことを言うのは父様とエマだけよ。私は赤毛だし、そばかすだって」

「それでもギルバード様はお好きだとおっしゃってくださるのでしょう？」

当然のように問われた言葉に、アンジェラは目を丸くした。

「ま、まさか！　それこそあり得ないわっ」

「あら、私の思い過ごしでしたでしょうか。当時から随分と熱心にアンジェラ様を口説いていらっしゃるようにお見受けしたのですが」

首を傾げるエマに、アンジェラは頭を抱えてしまった。

（あぁ、ここにもギルバードの演技に騙《だま》されていた人がいたのね）

あれは口説いていたのではなく、終始嫌味を言っていただけだ。いちいちアンジェラのコンプレックスを刺激してくる嫌味な婚約者、それがギルバードだ。

アンジェラを好きなはずが——ない。

「あの人は、嫌な人よ」

父が逮捕された途端、アンジェラを見限り捨てた。借金の形《かた》に愛人になることを要求した。

その理由が性欲処理くらいには使える、だった。

アンジェラの好きなお菓子をくれても、彼が嫌な人であることには変わりない。

好きなどという言葉は、アンジェラたちの間にはもっとも無縁な言葉だ。

「でも、今は違う思いがあるのではないですか」

押し黙ったアンジェラに、エマが問いかける。チラリと俯いた顔を上げれば、優しい微笑みがあった。

「お傍にお仕えするようになれば、見えなかったことが見えてくるものです。美しさとは見た目だけを指すものではありません。人の魅力は、感じるものです。どれだけ外見を宝石で飾りたてようとも、心の清らかさまではごまかせませんもの。お嬢様は侯爵令嬢という肩書きがなくとも、十分魅力的な女性です。どうか自信をお持ちになってください」

「エマ……」

「お嬢様はこれまで思い込みだけでギルバード様を見ていらっしゃったのではありませんか。あの方は、旦那様がお嬢様の伴侶にと選んだお方です。必ず素晴らしい方でございますよ。どうか、本当のあの方を見て差し上げてください。きっと今までとは違う一面が見えてきます」

エマの口ぶりはまるで本当のギルバードの姿を知っているようだ。

「エマ、――なにか私に隠してる？」

それは直感だった。

エマはギルバードのことでアンジェラに隠していることがある。彼女の確信めいた言葉は、それに裏打ちされたもののように思えた。

「それもお嬢様が見つけなければいけないことです。大丈夫です、お嬢様なら必ず答えにたどり着けますよ」

そう言って、笑った。

エマの言葉と笑顔は、アンジェラの心の奥深くまで染みわたり、新しい世界の扉を心に浮き上がらせた。

（ギルバードの本当の姿？）

そんなものが本当に見えるのだろうか。

しばらくエマと雑談をしたのち、病院の事務所で今日までかかった治療費を支払い、屋敷へ戻った。途中、昔馴染みだった洋装店のショウウインドウに飾られたケープを見て足が止まった。

「可愛い」

臙脂色《えんじいろ》の布地いっぱいに散りばめられた小さな白い花柄のケープ。フードの部分には肌触りのよさそうな毛皮がついている。あれはウサギの毛だろうか。

昔は服一枚買うことに躊躇いは覚えなかったのに、今はこうして見ているだけで精一杯だ。今着ているケープも随分くたびれているが、まだ十分着られる。

(欲しいけれど、仕方がないわ)

この二年で何度使ったかしれない「仕方ない」で真新しいケープへの踏ん切りをつけた。立ち去ろうとした矢先。

「涎《よだれ》が出てるぞ」

「ひゃっ!!」

不意にかけられた声に、飛び上がった。

「な、ななにしてるのっ!? いるなら声くらいかけてください!」

「今、かけただろ。それで、物欲しげになにを見ていたんだ。――あぁ、これか。お前、このブランドが好きだったんだよな」

「よくご存知ですのね」

なぜギルバードがアンジェラの好みを知っているのか。うろんな顔をすると、横に並んだギルバードはひょいと肩を竦めた。

「そりゃ、婚約者殿の好みくらい覚えておくのは常識だろ。お前は俺のことなんて、なにも知らないだろうけどな」

「そ…そんなことありません」

「へぇ、俺のなにを知ってるんだ?」

流された眼差しが妙に煌めいて見えて、トクン…と心臓が鳴った。慌てて顔をケープへ向けて、今感じたときめきを隠した。

「ギルバード様は、タルトがとてもお好きです。あとジャスミン茶も」

「それだけかよ」

「だって」

あとは悪い部分ばかり思いついてしまう。女好きで遊び好きの最低男。事業よりも娯楽の楽しさを追求してばかりのろくでなし。アンジェラの知るギルバードはそういう男だった。だが、そんなことをどうして本人を目の前に言えるだろう。気のせいかも知れないが、今の彼は昔の彼とは違うように感じる。だからと言って、エマの言う本当の姿も、彼のよさもまだ見つけられていない。結局、その程度のことしか言えないのだ。

口を噤《つぐ》むと、ギルバードがそれを見て含み笑った。

「もっと覚えていけよ。俺がなにが好きで、なにを欲しがっているのか」

こちらに向けた眼差しが一瞬、熱っぽく見えた。微かに落ちた声色にまた胸が跳ねる。どうしたというのだろう、心臓がおかしなことになっている。

（エマがあんなことを言うからっ！）

「ど、どうしてこちらにいらっしゃったのですか？」

「お前が歩いているのが見えたから」

驚くと、「というのは冗談で、ここに用事があったに決まってるだろ」と言われた。

（またからかったのね）

彼のよさを見つけたいと思っても、当人がこの調子なのだからどうしようもない。

「どこかのご令嬢への贈り物ですか。さすがですね」

「お褒めにあずかり光栄だ。屋敷へ帰るんだろ、乗っていけよ」

「使用人が主人の馬車に乗るわけにはまいりません」

どうしてかギルバードが自分の知らない令嬢のために贈り物を選んでいる姿を見たくないと思った。

「お堅いな、それとも妬《や》いてるのか？」

「ど、どうして私が焼きもちなんて焼かなくちゃいけないんですかっ」

目を剥いて睨みつければ、そんなアンジェラを流し見た眼差しがゆらりと揺れた。甘くなった気がした眼差しに慌てて顔を背ける。なのに、ギルバードはさらに恥ずかしくなるようなことを言ってきた。

「キスしてるだろ」

「あっ、あれはあなたが無理矢理してるだけじゃないですかっ。私はあんなこと本当はしたくない……、っ!?」

「と、言う割には顔が赤い」

含み笑い、ギルバードが指の背でアンジェラの頬を撫でた。さわり…と撫でられた感触に爪の先まで硬直する。きっとアンジェラに耳と尻尾があれば、総毛立っていたに違いない。

「な、な……にっ⁉」

「お前は使用人じゃなく俺の愛人だ。服くらいねだれば買ってやるのに」

「そんなことしていただかなくて結構です！」

「愛人は可愛く甘えるものなんだよ。――顔、熱いな。真っ赤だ」

照れてる？　と目を覗き込まれ、近づいた美貌から飛び上がるようにして後ろへ後ずさった。人が往来する街中でなにをしようとしていたの⁉

今だってチラリとこちらに視線を流す通行人たちがいる。大通りには貴族の馬車も走っているのだ。

「あ、愛人愛人って……っ。こんな人通りの多いところで、滅多《めった》なことを言わないでください！　誰かに聞かれでもしたらどうするのっ」

「俺の浮世話がひとつ増えるだけだろ。まぁ、笑って聞き流すけどな」

「私はどうなるのよ！」

迂闊《うかつ》なギルバードを睨みつけ、プイッと踵を返した。

「乗っていかないのか」

「結構です！」

後ろから呼び止める間延びした声に叫び返し、ずんずん歩いた。

(なにがねだれば買ってやるよ、馬鹿にして！)

ギルバードがアンジェラを好きなはずがない。きっとエマの思い違いに決まっている。

感じたときめきだって、気の迷いに違いないのだ。

仕事人間になったのかと思えば、ちゃっかり恋人への贈り物を選んでいる抜け目のなさに、苛々した。

（なんで私がこんなに苛立たなくちゃいけないのよ！）

これではまるで本当に焼きもちを焼いているみたいじゃないか。ギルバードとはもう婚約者ではない。お金で繋《つな》がっている『愛人』なのだ。

（愛人、か……）

呟いた言葉に歩みが止まった。

まだメイドの域を出ていないが、いずれ〝その時〟はやってくる。ギルバードの背中に違う女性の影を見ながら彼に抱かれて、自分はどんな気持ちになるのだろう。

（知りたくないな……）

本当の彼の姿など、知りたくない。ずっと嫌いなままでいたいと思った。

☆★☆

エリオット家に来て、半月が経とうとしている。

アンジェラはエプロンの汚れを払い、寝覚めのお茶をワゴンに乗せて、ギルバードの寝室で大きく深呼吸した。

「ギルバード様、おはようございます」

中へ入り重いカーテンを開けて朝日を部屋に入れれば、部屋に燻《くすぶ》っていた夜の気配が一掃される。

天蓋《てんがい》の中で枕に顔を埋めるようにして眠るギルバードから「ん……」とかすれ声がした。彼の朝はここからが長い。

掛布から出た裸の上半身に目のやり場を探しながら、近づいて再度声をかける。

「ギルバード様、起きてください。今朝は大事な会議がおありになるのでしょう。遅刻しますよ」

「嘘だろ。さっき寝たばかり……だぞ」

くぐもった声は、まだ寝ている。チラリとテーブルの上に出しっぱなしになったブランデーを見遣り、やれやれと嘆息した。

ここ最近、ギルバードはよく寝酒をする。

(好きで起きていただけじゃない)

三分の一ほどになった瓶は、昨日までは未開封だったものだ。

「でしたら今夜は深酒などせず、早くお休みになってはいかがですか。連日の飲酒はお体に障りますよ」

「お前な……、誰のせいだと思ってるんだ」

枕から顔を覗かせたギルバードが恨めしげに文句を垂れた。まるで眠れない原因がアンジェラにあると言わんばかりの言い草にムッとすると、金髪の髪の隙間から覗くやたら色気のあるコバルトブルーの瞳と目が合った。

（なんて目で見るのよっ）

近頃、ギルバードの様子がおかしい。

気づいたのは、前回の休暇後だった。はじめは気のせいかと思っていたが、ギルバードの視線や行動は明らかにおかしい。

時々、「誘っているの!?」と勘違いしそうなほど凄まじい色気を出してくる時があった。

青いシーツに横たわる姿態の妖艶《ようえん》さに、思わず息を呑む。醸す気だるさすら色気に変えるギルバードが、とてつもなくいやらしい獣に見えた。凄絶な色香にあてられ固まっていると、

「眠れないんだ、……アンジェラ」

掠れ声で囁かれ、あっと思った時にはベッドの中へ引きずり込まれていた。

「きゃ……っ」

視界が反転し、裸体のギルバードに覆い被さられた。息ができないくらい強く抱きしめられ、心臓が口から飛び出しそうになる。頬を押しつけた場所から聞こえる鼓動が誰のものかもわからないくらい、思考が真っ白になった。

「は、離してください！　人に見られちゃうわっ」

「この時間、お前以外誰も来ないだろ」

ほうっとひとり安堵《あんど》の息を吐く彼からは、仄《ほの》かにブランデーの香りがする。

「でもっ、……あっ！」

背中に回された手がさわり…と動いた。お仕着せの後ろ釦《ボタン》を外す動きにぎょっとする。

「だっ、駄目です！」

ギルバードの下で身じろぎ抵抗するが、見た目以上にたくましい体はびくともしない。その間に掌が服の下へ潜《もぐ》り、シュミーズの上からアンジェラの体を弄《いじ》り始めた。

「ギルバード様！」

「まだ細いな」

腰を撫でられ、びくん…っと背中が震えた。

「あれだけ食べさせてるのに、少しも身にならないのな。あのタルトはどこへ行ったんだ」

「ご冗談はやめてください！　そんなことを聞かれても困りますっ」

「困ってるのは俺の方なんだ。責任とれよ」

「いったいなんの話を……っ、ギルバード様！」

まったく話を聞いていないギルバードが鼻先を頬にすり寄せる。

「ん……っ」

頬に触れた吐息の感触に声を噛んだ。唇が頬に触れるか触れないかのきわどさがたまらない。どうして急にこんな状況になったのか。

なにもわからないまま、腰骨に溜まるもどかしさに足をすり合わせた。

「これだけで感じるのか」

「ち……が、う」

違うと思いたい。ギルバードになど感じたくない。なのに、耳に寄せられた唇が
「……アンジェラ」と掠れ声で囁いた。

「は……、んっ」

鼓膜に滑り込んだ低音に、全身から力が抜ける。

「寝ぼけて……ないで、朝の準備を」

「男の朝がどういうことになっているのか、知らないわけじゃないだろ」

「存じ上げ……ま、せん！」

ギルバードの唇が首筋のすぐ上を滑り、肌蹴られた肩にたどり着くと唇を押し当ててきた。

「あんっ」

上がった声の甘さに目を見張った直後、伸び上がったギルバードに唇を塞がれた。

朝の挨拶には濃厚すぎる口づけ。

唇を閉じて彼を受け入れまいとするも、耳の後ろ側をくすぐられ呆気なく突破された。

「……うん、んんっ」

ずるい。いつの間にそこがアンジェラの性感帯であることに気がついていたのだろう。見せつけられた経験値に翻弄《ほんろう》されるまま高まっていく体と、裏腹に冷めていく心。

彼にとって、この程度は造作もないことなのだ。手慣れた仕草の分だけ、彼は女性と関係を持ってきた。

「アンジェラ……」

口づけを解かれ、唇の上で囁かれる。甘い囁きも彼の手管《てくだ》のひとつなのだと思うとやりきれない。

これがアンジェラの知らないギルバードの姿なのか。こんなものを見せつけられ、どうしろというの。

心のない関係なんて、いらない。

けれど、ギルバードにとってアンジェラは金で買ったおもちゃにすぎない。性欲処理をする為の道具だと。——ならば、せめてそれらしく振る舞え。

アンジェラは震える手を持ち上げ、そっと彼の肩に乗せた。

鼻先が触れるほど近くで見るコバルトブルーの瞳が、アンジェラの目の中をじっと覗いている。そこになにかを探しているように真剣な眼差しだった。が、ややしてふっと目を伏せた。

冷笑を零し、おもむろに体を起こした。

「着替える」

抑揚《よくよう》のない言葉に、アンジェラも体を起こした。唐突に終わりを告げた行為にほっとするも、当惑も感じている。

(私がその気になろうとしたから……？)

からかっているだけなのに、本気になられたから呆れたのかも知れない。

(やっぱり遊んでいただけじゃない)

なのに、どうしてこんなにもショックを受けているのだろう。

唇を噛みしめ、ずり落ちた服を直す。釦を留めながら心の扉も閉めた。ベッドから降り、そそくさと彼の服を準備する。

泣きそうになっている心がどうか伝わりませんようにと祈りながら、努めて平静を装った。用意したそれらをベッドの上に置けば、ギルバードが本格的に体を起こす。衣擦《きぬず》れの音に慌てて背中を向けた。

彼は就寝時、なにもつけずに寝る。

「ネクタイ」

「はい」

かかった声に振り返り、手にしていたネクタイを彼の首に掛けた。

ギルバード専属メイドになってから覚えさせられたネクタイの結び方。はじめの頃は上手に結べなくてギルバードに馬鹿にされてばかりだった。寝る間も惜しんで練習したおかげで、今では手際よくネクタイを結べるようになった。

それでも、今日は上手く指が動いてくれない。

（ギルバードがあんなことをするからよ）

思い出しただけで体の熱が上がりそうだ。ギルバードの唇の柔らかさ、彼の重み、からかわれて悔しいはずなのに胸はどうしようもできないくらい高鳴っている。

指先が震えているのは、先ほどからギルバードが見ているから。

せめて違う場所を見ていてくれればいいのに、じっとネクタイを結ぶアンジェラを見ているのだ。

（馬鹿、ドキドキしないでっ）

きっとネクタイが上手く結べるようになったのか確認しているに決まっている。あんなことがあった後だから、ギルバードのコバルトブルーの瞳が熱っぽく見えるよう脳がおかしな指令を送っているのだ。

（だって、ギルバードが私のことを好きだなんて、嘘だもの）

エマの思い込みを鵜呑《うの》みにしては駄目。ギルバードはアンジェラに欠片ほどの愛情も抱いてはいないの。

平静を装おうとするほど、眉間に力が籠《こも》ってしまう。

「首を絞められそうだな」

それを見て、ギルバードが笑った。

「そ、そんなことといたしません！　できましたよ」

ギルバードは窓を鏡代わりにして、ネクタイを微調整した。

「ふん。まあまあだが、もっと練習しろよ」

（だったら自分で結べばいいじゃない）

「なにか言ったか」

「いいえ、申しわけありません」

もしかして口に出していたのだろうか。ひやりとした心を隠し、スカートの前で手を組んだ。

これでも頑張っているのに。

「朝の分だ」

目の前に来ていたギルバードが金貨を一枚差し出した。

「使用人にチップは必要ないと申し上げたはずです」

「お前は違うだろ」

「……」

口を噤むと、失笑と共にエプロンのポケットに金貨を落とされる。

(お金で繋がる関係)

金貨を受け取る度に、二人の関係性を確認されているような気分になった。

彼はアンジェラを弄び、その対価として金貨を受け取る。それがギルバードが望む関係なのだとしたら、アンジェラは受け入れるしかない。

なんて虚《むな》しい繋がりなのだろう。

お金などあっても誰も幸せにはしてくれないのに。

じっと床を睨んでいると、ギルバードの指が顎をしゃくった。上向かされ、口づけられる。

「ん……っ」

二度目の口づけは触れるだけ。

「部屋を片付けておけ」

言い残し、彼はもう一枚金貨を握らせて出ていった。

☆★☆

朝食を終えた後、ギルバードは出社時間まで執務室で会議に使う資料を読んでいた。

扉を叩く音に、「入れ」と告げる。

現れたのは執事のヘルマンだ。手には茶色い封筒を持っていた。

「失礼します。ギルバード様、アンジェラ様の報告書をお持ちしました」

差し出された封筒に、ギルバードは見ていた書類をテーブルに置いた。

「信ぴょう性はあるんだろうな」

「はい」

封筒を受け取り、取り出した報告書に目を通す。が、読み進めていくほど眉間に皺が彫り込まれていくのを感じた。そこにはギルバードがボード伯爵から聞いた話とはまるで違う内容が書かれてあったからだ。

勤めていた伯爵家を解雇された本当の理由が、アンジェラを煙たがっていた夫人の一方的な思い込みだったこと。夫であるボード伯爵との密会が解雇理由とあったが、それは酔った伯爵に絡まれていたアンジェラを目撃したメイドの早合点《はやがてん》だった。その日、外に出ていたアンジェラが帰宅途中、具合の悪くなった老婆を送り届けた為、屋敷の門限に遅れた。そこに酔った伯爵と鉢合わせをしたことが事の発端だった。

なにが伯爵と愛人関係にあった、だ。

だが、報告書に記された報告はそれだけではなかった。

アンジェラがギルバードを訪ねた前日にエマが心臓病で倒れており、現在はホプソン医師の病院に入院中だったのだ。心臓病の治療は長期間必要であり、その分だけ費用もかかる。

一年半前、彼女が心臓病を患ったのは知っていた。だからこそ、ギルバードは二人の生活を助けるために援助を送り続けていた。ただし、そのことをアンジェラには言わないようエマに口止めしていた。

（あの金はエマの治療費だったのか）

そうとは知らないアンジェラは、すべてエマが長年稼いで貯めたものだと思い込んでいた。

だからこそ、彼女はギルバードの許へやってきたのだ。

好きでもない男に言われるがまま裸を見せるくらい、アンジェラには必要な金だった。

報告書がクシャリと音を立てて歪んだ。

（あの時、俺がもっと早くレイン侯爵の気持ちに気づいていれば――っ）

拭いきれない後悔に奥歯を噛みしめる。

ギルバードの決意ひとつで変えられた人生がここにある。苦労をさせずに済んだ少女がいた。ここに書いてあるのは誰も望まなかった最悪の未来だ。

どれほど後悔し贖罪《しょくざい》の為の援助金を送ったところで、アンジェラに起こった不幸は消えない。わかっていても、どこかで彼女の役に立ちたかった。アンジェラはギルバードから送られた金は絶対に受け取らないことはわかっていたから、エマに送金し続けた。それは二人が暮らしていくには十分な額だ。

報告書にはアンジェラの銀行口座の明細が記載されている。毎月一定額がとある場所へ送金されていた。レイン侯爵がいる北の監獄だ。

（あいつ――）

少ない賃金の中からでも、父親を救おうとしていたのか。ケープ一枚買うのを躊躇った理由は、これだったのだ。

どこまでも他人の為に身を粉《こ》にして尽くすアンジェラに、胸を掻き毟《むし》りたいほどの歯がゆさを覚えた。

ギルバードは報告書を机に置いて、重苦しい溜息を吐いた。

（なにも届いてはいなかった）

ギルバードの贖罪はひとつも彼女の助けにはなっていなかったのだ。

再会した時の痩軀な体は、彼女が味わった苦労が具現化《ぐげんか》したものだ。

「こちらが今月孤児院へ送金した額と、子供たちへのクリスマスプレゼントをリストアップしたものです」

続けて渡された書類に目を通し、「この通りで手配してくれ」と告げる。

アンジェラが心を配っていた孤児院だ。彼女があそこでなにをしようとしていたかを知ったのは、アンジェラがムルティカーナを去った後だった。

「あなたからの施しはいりません」

匿名《とくめい》で寄付を始めたギルバードの許に現れた少年は、ヤニスと名乗った。利発そうな顔立ちをしたヤニスは、匿名の寄付にもかかわらずそれがギルバードからであることを突き止めてやってきたのだ。

「貴族たちの一時の善意など迷惑なだけです。あの方がどういうお気持ちで僕たちに接してくれていたか知りもしないあなたにアンジェラ様の代わりはできません。援助はこれきりにしてください」

貴族を前にして物怖じしない口調で「迷惑だ」と言いきったヤニス。

レイン侯爵が「突然アンジェラが猛勉強を始めた」と言っていた理由が、ヤニスだった。彼はギルバードも目を見張るほど聡明で優秀な頭脳を持っていた。彼が持っていた難解な書籍たちは、アンジェラが彼に譲《ゆず》ったものだ。彼女は院長に「いつか彼を養子にし、学校へ通わせてやりたい」と話していたそうだ。

彼は今、ギルバードの姉夫婦の養子となり、寄宿学校へ通っている。

それだけではない。アンジェラは孤児院に学校を併設し、希望者がいれば職業訓練校をも作る計画を持っていた。それは主がいなくなったレイン家で見つけた彼女の日記に記してあった。

（アンジェラ……）

「アンジェラはどうだ。馴染んでいるのか」

「はい。とても真面目で要領ものの覚えも申し分ありません」

朝は誰よりも早く起き、夜は最後まで仕事をしているという。時々、レイン侯爵へ手紙を書いていること、先日の休暇日にはエマを見舞っていることを告げられた。

アンジェラが元令嬢であることを知る使用人も少なくはない。しかし、彼らも今はアンジェラを仲間として受け入れているようだ。

少しも令嬢らしくない、アンジェラ。

（あいつは昔からそうだったよな）

人が敬遠するようなことを当たり前のこととしてやり、誰もが奪い合うものには目もくれない。

いつだったか、大公の嫡男が大事な人形を失くしたと大騒ぎしたことがあった。どこで落としたかも定かではない人形をはじめこそ貴族たちは探していたが、すぐに諦め、代わりに慰めの言葉を送った。その中で、最後まで探すことをやめなかったのがアンジェラだった。

最後は夜の中庭まで行き、夜会が終わる頃、人形を抱えて戻ってきた。

「これでいいの？」

人形の泥を払い、少年に差し出した。それは亡くなった母が彼に贈った最初で最後のプレゼントだった。

だが、それは思わぬ尾ひれをつけてアンジェラを苦しめた。誰が言い始めたのか、人形を隠したのがアンジェラ自身だったのではないか、と囁き出したからだ。

アンジェラの行いに感謝した大公がレイン侯爵の事業に口添えをしたことで、一部の貴族たちの反感を買ったのだ。

アンジェラはなにを言われても毅然《きぜん》とした姿勢を崩さなかった。噂を嫌った貴族たちはアンジェラから距離を置くようになった。

ギルバードもそんなアンジェラを遠巻きに見ていたひとりだった。

「お前、もう少し立ち居振る舞いに気を配れよ。自分がどういう状況に立たされているのか、知ってるんだろ」

「どうして？　私がなにをしたというの。当然のことをしただけだわ」

そう言ったアンジェラの凛《りん》とした気品と、澄みきった眼差しに、それまで絶対だと信じてきた自分の価値観は根底から覆《くつがえ》された。

大事なのは周りの目ではない、自分がどうあるかではないのか。

初めて美しさとはなにかを見せられた気がした。

あの瞬間がギルバードの初恋の始まりだった。

ひと回りも違う少女が突然特別な存在になった。

（それなのに、俺は――）

「明日、アンジェラに用事を言いつけ外へ出してくれ。理由はなんでもいい。客人と鉢合わせさせるわけにはいかない」

重い溜息を吐き、ギルバードが言った。

「ギルバード様、本当によろしいのですか」

すべてを知る男が静かな声で問いかけた。それはまるで自問し続けるギルバードに今一度、真意を問う声にも聞こえた。

ヘルマンは父の代行を務める自分にも、よく尽くしてくれている。常にこの屋敷内のすべてに目を配り、現状を正確に把握している。彼以上にエリオット家の内情に詳しいものはいない。当然二年前の出来事も承知であり、ギルバードが父と交わした約束もギルバードの想いも知っていた。

それでもこの現状で問いかけに返せる言葉は、ひとつだけ。

「今更だろう。この方法でなければドーソンの懐《ふところ》には飛び込めなかった。それだけだ」

「ご自身のお心を裏切ってでも、ですか」

「そうだ」

明日、エリオット家にドーソン侯爵とその娘グレンダを招く。その半月後のクリスマスにはギルバードはグレンダと婚約する。明日は前祝の会食だ。

アンジェラを客人ではなく使用人扱いにしたのは、ドーソン家の目を逸らす為だった。本来なら、信頼できる人物にアンジェラを託すことが互いにとっての最善の策だろう。計画はまだ半ば。元婚約者を屋敷に置いていると知られれば、ギルバードに対するドーソン家の心証は悪くなるのは必至。

レイン侯爵を陥《おとしい》れた黒幕を露呈させようと足掻《あが》いた二年。ようやくここまでこぎ着けた。その為ならなんでもできたし、なんだって利用した。己を餌にグレンダを釣り上げることにもなんら心は痛まなかった。

レイン侯爵の冤罪《えんざい》を晴らすこと。それだけがアンジェラにしてやれる唯一のことだったから。

いつの日か必ずレイン侯爵をアンジェラの許へ帰す。この二年はその為だけに生きてきたと言っても過言ではない。父との約束もその結末を見る為の通過点に過ぎないのだ。

わかっていながらも、危険を承知でアンジェラを傍に置き続けたのは……。

「明日は粗相《そそう》のないように頼む」

「旦那様のご欠席の理由はいかがなさいますか」

「体調が思わしくないということにしてくれ。ドーソン侯爵には俺から改めて詫びておく」

「かしこまりました」

一礼して、ヘルマンが部屋を出ていけば、カチ、カチ…と時を刻む音だけが部屋に木霊《こだま》する。

ギルバードは背もたれに体を倒し、天を仰いだ。

――すべて納得していたことだ。

なのに、胸を焼く恋慕がこの期に及んで二の足を踏ませている。望みのない焔《ほむら》は、今頃になって燻り出していた。

アンジェラはギルバードの存在など歯牙《しが》にもかけていないというのに。

どうしてタルトばかりをお茶の時間に用意させているのかも、好きでもないジャスミン茶を飲んでいるのかも気づかないアンジェラ。あの店で会った理由ですら見当違いな誤解を抱いていた。

ギルバードがなにを好み、なにを望んでいるか。どうして専属メイドにしたのか。——アンジェラは知りたいとも思っていないのだろう。

どれだけ振り向かせようとけしかけたところで、アンジェラはそっぽを向いたまま。積み重ねた思い出が最悪だから、目の前にあるギルバードの気持ちに気づこうともしない。

（クリスマスか……）

昨日買ったアンジェラのケープ。

傍に置いたところで渡せるかもわからないのに、プレゼントを用意している自分は失笑ものだ。何度唇を奪っても、彼女の心は開かない。

「泣いて嫌だと言えよ」

グレンダと婚約などしないで、と嘘でいいから泣いてくれ。

そうしたら今すぐすべてを捨ててでも、お前を連れていくのに。

吐き出した呟きは、虚しく宙に消えた。

☆★☆
「えっ、おつかいですか？」

その日、アンジェラはいつも通り清掃用のお仕着せを着て階下へ降りた。

メイドの朝は早い。

吐く息が白いうちから起きて、火を起こし部屋という部屋を掃除して回る。

一年半で慣れた生活だったが、この屋敷ではまだ新米のアンジェラは誰よりも早く起きて仕事に取りかかることを心掛けていた。

暖炉《だんろ》から灰を掻き出す道具を手に談話室へ向かおうとしたところで、メイド頭に呼び止められ、おつかいを頼まれたのだ。

「そうです。ここから馬車で三時間ほど西へ行ったところにエリオット家所有のワイナリーがあります。そちらでワインを受け取ってきていただきたいのです」

渡されたメモに書かれた銘柄《めいがら》は、アンジェラも聞いたことのあるものだった。

「これでしたら地下の貯蔵庫に在庫があるのではないでしょうか」

「在庫が切れそうなので、お願いしているのです。できますね」

「――はい」

ずいっと尖った鼻を突きつけられるように顔を覗き込まれ、アンジェラはコクコクと頷いた。

「それではギルバード様を起こしてから出発してください」

「はい」

それでもギルバードの世話はするのか。

厨房で朝の支度が整ったワゴンを受け取る。朝から忙しそうな厨房だったが、今朝は一段と慌ただしい。どことなく殺気立つ気配すら感じられた。

搬入される食材はどれも高級な物ばかり。

(どなたかお見えになるのかしら?)

これでも元令嬢だ。客人を招く日の独特の緊張感は肌が覚えている。

聞いてみたかったけれど、忙しそうに動き回る使用人たちに声をかけるのも憚《はばか》られて、やめた。いつものようにギルバードの寝室の扉を叩く。

「おはようございます、ギルバード様」

扉を開けて入ると、珍しくギルバードが目を覚ましていた。

「起きていらっしゃったんですね」

「いや、寝てないだけだ」

「またですか?　そのうち本当にお体を壊しますよ」

「その時はお前が看病してくれるんだろ」

長椅子にだらしなく横たわり、顎を上げてこちらを振り仰いだギルバードに「どうして私が」と冷ややかな視線を投げた。

「お前、今日の予定は」

「本日は西のワイナリーへワインを受け取りに行くことになっております」

「あ、そう」

気のない返事の後、ギルバードが気だるげに立ち上がる。隣室へ入り、手にある物を持って戻ってきた。

「あ、それ」

臙脂色の布地に散りばめられた白い花の刺繍《ししゅう》。この間、アンジェラがウインドウ越しに見ていたケープだ。

「着て行けよ、寒いぞ」

「え……」

ふわりと羽織らされたそれ。目が零れ落ちそうなくらい驚き、目の前に立つギルバードを振り仰いだ。

「え、え……っ？　どうして私に」

「欲しかったんだろ」

「ですが、こんなにも高価な物！　い、いただけませんっ」

「服くらいいくらでも買ってやると言わなかったか。いいから、着て行け」

言って、ギルバードはケープの釦を留めると、丸い毛糸の飾りがついたリボンを胸元で結んだ。

「似合ってる」

最後にフードを被せられ、聞いたことのない言葉を言われた。

(今、似合ってるって。それって、もしかして褒めてくれた……って、こと?)

初めてギルバードに褒められた。

かぁっと頬を赤くさせると、ギルバードが頬を綻ばせ真っ赤になった頬を挟み込むと触れるだけの口づけをされた。

「金は持ってるか。途中で気に入ったものがあったら、好きに買ってこい」

唐突な優しさにただ面食らい啞然としてると、ギルバードが金貨を握らせた。

「あ……あの、これ」

「気をつけて行けよ」

「あ……、はい」

「なぜ」も「どうして」も言えない雰囲気のまま、部屋を出された。

ずるずるとその場にへたり込み、握らされた金貨をギュッと握りしめる。

ギルバードが優しい。

それだけなのに、心が躍り出しそうなくらい喜んでいる。嬉しかった。

(新しいケープだわ)

纏った真新しいケープは暖かいのに、羽根のように軽い。上質なものほど軽く暖かいのだ。

それはまるでアンジェラの為にあつらえたようだと思えるほどピタリと体に合っていた。

立ち上がり、くるりと回転すればケープがふわりと舞い上がる。白い花柄が可愛かった。

(どういうつもりなのかしら、突然ケープをくれたりするなんて)

それだけではない。ギルバードはおつかいに出るアンジェラを気遣ってくれる言葉までくれた。

(好きな物を買っていいなんて、子供じゃないんだから)

それでも、渡された金貨に頬が綻ぶ。いつもの対価とは違うそれ。ギルバードの気持ちが今はとても嬉しかった。

(なんだか素敵な日になりそう!)

弾む心のまま、アンジェラは駆け出した。

一旦、屋根裏部屋に戻りお仕着せから普段着に着替え、もらったばかりのケープを羽織る。姿見に映したそれはやっぱり可愛かった。

部屋を出たところで、同僚のリアーナと出くわした。手には手紙の束を持っている。

使用人たちへ宛てられた郵便物は日に一度、決められた当番が配って回る。今日はリアーナが当番の日なのか。

「リアーナ、私への郵便はある?」

「え、……いいえ。ないわ」

「そう……、ありがとう」

郵便物の束を確認したリアーナの声に、アンジェラは気落ちした返事を返した。

（今日も届いていないか、もう三通目になるのに）

エマ宅へ届く郵便物は今、この屋敷に届くようにしてある。アンジェラが父に手紙を書いたのは先週のこと。一方的になりつつある手紙に不安が募った。

「アンジェラ。どこかへ出かけるの？」

肩を落としていると、アンジェラの様相を見てリアーナが問いかけた。彼女はアンジェラより半年早くエリオット邸へ来たメイドで、年も近いこともあり同僚の中でもよく話をする間柄だった。田舎に年の離れた妹弟がいて、ここへは牧師の紹介で来たという。弟たちの学費を稼ぐ為に出稼ぎに出てきたリアーナは少し気弱なところもあるが、真面目な仕事ぶりには定評があった。

「ええ、西のワイナリーまでワインを取りに行くの」

「そう、……いいわね。こんな日に外に出られるなんて、羨ましいわ」

「リアーナ、どうかしたの？　こんな日って、どういうこと」

いつもは薄桃色の頬が、今日は青白い。声もなんだか沈んでいた。

「具合が悪いの？　顔色がよくないわ」

「いいえ、そうじゃないの……。でも」

力ない声と共に首を振り、それきり口を噤んでしまう。怪訝《けげん》な顔をすれば、窺うような視線を向けられた。

「リアーナ、どうしたの？」

こちらを窺ってはなにかを言いかけて俯く。これはいよいよなにかあると確信したところで、リアーナは口を開いた。

「お願い、アンジェラ！　そのおつかい、私に行かせてくれないかしら」

「えっ⁉」

「今日、外に出してくれるなら明日の私の休暇はあなたにあげるわ。だから、お願いっ。どうしても外へ出かけたいの！」

「あの、リアーナ？　落ち着いて、なにがあったのか説明してくれない？」

「お願い、アンジェラ！　今日だけだから、もう二度とこんなこと頼まないわっ、だからお願い‼」

胸の前で神に祈りをささげるように手を組まれ、懇願される。気弱なリアーナらしくない必死な様子はたじろぐほどで、その迫力に思わず後ずさった。

「わ、わかった。でも、事情を聞かせて？　私が言いつけられたおつかいだから、交代した事情を知らないでは困るの」

「そ…そうね。昨日その、い…田舎から電報が来て、弟がその……病気に」

「まぁ、それはいけないわ」

「そ、そうなの！　どうしても薬を買って送ってやりたいけれど、今月分のお給金はまだいただけないし、私は先月分も前借りしているから、頼みづらくて。それで、質屋に髪飾りを売りに行こうと思っているの」

「髪飾りって、たしか恋人からいただいた贈り物でしょう。駄目よ、そんな大切なものを手放したりしないで」

「で、でもっ。お金が必要なのよっ！」

悲痛な声にはアンジェラも味わったことのある痛みがあった。

お金が欲しい。そう思い、アンジェラもこの屋敷の扉を叩いた。今、目の前で狼狽えているリアーナがあの日の自分と重なる。

（私の好きに使っていいと言われたもの）

アンジェラは鞄に閉まった金貨を取り出すと、リアーナの手に握らせた。

「これで薬を買って」

「アンジェラ、……これ、どうしたの」

信じられないと目を瞠るリアーナに苦笑する。

「いいから、使って。あなたのことは私から伝えておくわ、事情を説明すればわかっていただけるはずだもの。さあ、早くこれで薬を買ってご家族を安心させてあげて」

家族を思う気持ちはアンジェラも同じだ。手を差し伸べられるのなら、なにを犠牲にしてでも助けたい。そう思うのは当然のことだ。

背中を押すと、リアーナは泣きそうな顔をした。

「ごめんな……さい」

「いいのよ。ご家族を大事にして差し上げて。あと、おつかいも忘れないでね」

「ありがとう、アンジェラ。ありがとう……っ」

何度も礼を言い、リアーナは金貨を握りしめて階段を降りていった。

(気をつけてね)

リアーナの背中が見えなくなるまで見送ると、ホッと肩から力が抜けた。

折角新しいケープでお出かけができると思ったけれど、仕方がない。

「さてと、今日も張り切らなくちゃ！」

彼女の分まで働かないと、交代した意味がない。よし、と気合をいれ、アンジェラは再びお仕着せに着替えるため、部屋に戻った。


「まぁ、あなたという人は」

張り切って暖炉掃除をしていたところをさっそくメイド頭に見つかったアンジェラがリアーナの事情を説明すると、開口一番盛大な溜息をもらった。

呆れ顔に「申しわけありません」と形だけの謝罪をする。

「心のない謝罪などいりません」

ぴしゃりと言い放たれ、アンジェラは小さく肩をすぼめた。

「まったく……、でも困ったことになったわ」

「リアーナの分まで一生懸命働きます！」

「そういう問題ではないのよ」

弱り顔で呟き、メイド頭がチラリと横目でアンジェラを見遣る。そうして覚悟したように溜息をひとつ吐いた。

「本日、午後よりドーソン侯爵がお見えになりますが、その席にご令嬢のグレンダ様も同席されます。ギルバード様は今月の二十五日にグレンダ様とご婚約をなさいますので、会食はその前祝なのです」

「――え」

「今日あなたを外に出したのは、元婚約者であるあなたがたとえメイドとしてでもギルバード様のお傍にいることをドーソン侯爵が快く思われないと考えたからです。ですが、こうなってしまったのなら仕方がありません。今日は二人も働き手を減らせないのです。いいですか、アンジェラ。あなたは会食が終わるまで決して厨房から出ないこと。裏方に徹し、間違ってもドーソン家の方々と顔を合わすような失態をしてはなりません」

メイド頭のぼやきの半分も耳に届いてはいなかった。

(ギルバードが婚約……？)

ガツンと不意打ちで殴られたような衝撃に呆然とする。

グレンダ・ドーソン。久しく聞かなかった名だが、アンジェラと同じ侯爵家令嬢でなにかにつけ目の敵《かたき》にされてきた。彼女は自分ではなくアンジェラがギルバードの婚約者になったことが不満で仕方がなかったのだ。

「……ラ、アンジェラ。アンジェラ・レイン!!」

「は、はい！」

「私の話は聞き届けていただけましたか」

「はいっ、かしこまりました。今日は一日使わない部屋の掃除に励みます」

姿勢を正して答えれば、いよいよ呆れ顔をされた。

「あなたなにも聞いていないじゃない……。まぁ、それでもいいでしょう。くれぐれも鉢合わせだけは避けてちょうだい」

「はい！」

メイド頭はまだうさん臭そうな顔をしていたが、それ以上ここへ留まっているわけにもいかず、渋々部屋をあとにしていった。

姿が見えなくなると同時に、体中の力が抜けた。その場にへたり込み、ぼんやりと真っ黒な暖炉の中を眺めた。

(婚約するのね……)

唐突に現実を突きつけられた気がした。

なぜこんなにも落胆しているのだろう。

いずれこうなることはわかっていたはずだ。むしろ、今までこの手の話を耳にしなかったことの方が不思議だったのかも知れない。

ギルバードは爵位の低さを嫌がり、社交界でのし上がりたいという野望を抱いていた。アンジェラと婚約した理由は侯爵家の後ろ盾欲しさからだ。

僅か二年で目覚ましい成長を遂げたエリオット家だ。その立役者であるギルバードには、事業の才ばかりでなく類《たぐい》まれなる美貌をも備わっている。婚約話も山のように届けられていたに違いない。

なのに、アンジェラはまったくそのことを気にも留めていなかった。

（――あぁ、なんだ。そういうことだったのね）

あのケープも、きっとグレンダの為に用意したのだろう。ただなんらかの手違いがあり、不要になった。だからアンジェラに回ってきただけだ。でなければ、ギルバードがアンジェラに贈り物などするはずがない。

彼が贈り物をくれる時は、いつもなにかしらの裏事情があったではないか。

（それを、私ったら……。馬鹿みたい）

似合っていると誰にでも言うようなリップサービスを真に受けて、ひとり有頂天《うちょうてん》になっていた。自分が欲しかったケープだったから、ギルバードが自分の為に用意してくれたのだと都合のいい解釈をしてしまった。

そんなはずなど、あるわけないのに。

なんて滑稽なの。勘違いも甚だしい。

もう何度自分に言い聞かせてきたかわからない現実。ギルバードは父から回収できなかった借金の代わりに〝仕方なく〟アンジェラを愛人にして、憂《う》さを晴らそうとしているに過ぎない。彼が一度だって甘い言葉を囁いたことがあっただろうか。

アンジェラたちを繋げているのはお金であり、それ以外の絆《きずな》はない。

なのに、どうして彼の好意だと思ってしまったのか。

口づけられるのも、体に触れるのも、全部アンジェラが愛人だから。その都度、対価を握らされている。

向き合っていたつもりでも、いつの間にか目を逸らしていた現実に、アンジェラは笑うことしかできなかった。

笑ってでもいなければ、絶対に泣いてしまう。

母が死んで、父は来る日も来る日も泣いてばかりいた。悲しみから抜け出せない父を励ましたくて、アンジェラはたくさんの楽しいことを見つけて父に見せた。

涙は悲しみしか運ばない。同じ時間を過ごすなら、笑って生きよう。

それが母の口癖だったから。涙を堪えることを覚えると、やがて泣くことに敗北感を覚えるようになった。持ち前の負けん気もあったのだろう。

そうしてアンジェラは泣けなくなった。

だから、こんなことくらいでは泣かない。

ツン…と痛い鼻奥が涙腺を刺激しても、こみ上げる悲しみが喉を焼いても、泣きたくなかった。

何度も目を瞬かせ、滲んだ目元を乾かす。鼻を啜り、熱い息をゆっくりと吐き出した。

（嫌……よ）

むずかる心の理由なんて、知りたくない。

グレンダがエリオット家の女主人になれば、自分は必ず解雇される。愛人だと知られれば、どんな嫌がらせが待っているか考えるだけでおぞましい。

もしかしたら、もうムルティカーナで職にはありつけないかも知れない。そうなる前に、身のふり方を考えなければ。

(でも、まずは目の前の仕事をこなさないと)

アンジェラはそれから半日、無心になって掃除に勤《いそ》しんだ。

ドーソン侯爵とグレンダが到着したとの知らせを受けたのは、空に星が瞬き出した頃だった。当初は午後からの予定だったが、ドーソン家の到着が遅れた為、この時間にずれ込んだのだ。

今夜は会食の準備にみな手を取られて、他の作業にあたる人員が少ない。裏方に徹することを命じられたアンジェラは一番忙しくなる厨房に籠っていた。

調理に使った道具の傍には、下げられた食器たちが次々と運び込まれてくる。高価な食器を壊さないよう慎重に扱いながらも、手際よく作業を進めなければ食器は溜まる一方だ。

洗剤があかぎれに沁《し》みて痛い。だが、そんな弱音を吐く暇もないほど、厨房は大忙しだ。主たちの優雅な晩餐《ばんさん》は使用人たちの努力があってこそ成り立つ。仕える側になって知る裏方の激務に、もっと屋敷の使用人たちを労《ねぎら》ってあげればよかったと何度思っただろう。

「おい！　どうしてこの食器が四セットしかないんだ！」

「知りませんよっ、誰かが割ってそのままにしてあるんじゃないですか」

「馬鹿野郎っ、こんな高価なもんの数が合わなきゃ誰でも気づきそうなものじゃないか！　ったく、どうなってんだよ最近」

飛び交う使用人たちの怒声に混じり、聞こえた会話。

（ここでも備品が消えてるんだわ……）

最近、屋敷の備品が消えているという話を小耳に挟む。これまで消えたのは主に使用人が使う備品だ。

「アンジェラ、ご苦労さん。夕飯を食べて来いよ！」

ようやくアンジェラに夕食の番が回ってくると、料理長がトレイを渡してくれた。

「わっ、ビーフシチューですか！　いい匂い」

「切れ端の肉が出るからね。ゆっくり食べている時間はないから、またすぐ戻ってきてくれ」

「はい、ありがとうございます！」

美味しそうな匂いがするビーフシチューとパンが乗ったトレイを持って、使用人専用の部屋へ入る。さっそくスプーンでシチューを掬い口に頬張れば、ゴロッとした肉は舌の上で溶けてしまった。

「ん――っ、美味しい！」

身震いするほど絶品のシチューを夢中で食べていると、「アンジェラ、アンジェラはいないのっ!?」と同僚の切羽詰《せっぱつ》まった声が遠くから聞こえた。

「はいっ、ここです！」

使用人室から顔を出せば、「あぁ、アンジェラ！　ドーソン様がお前を呼んでいるのっ。急いで来てちょうだい」と言われた。

「ドーソン侯爵がですか？　でも今日は絶対に厨房を出ないようにと言われていて」

「そんなこと言われても知らないわよ、食事の途中であなたがここで働いているという話になったら、グレンダ様がどうしてもお前に会いたいと言い出して聞かないのよっ。なんでもこの間、あなたと若旦那様が洋装店の前で話していたのを偶然見かけたらしいのよ。はじめは若旦那様もごまかしてたんだけど、グレンダ様が食い下がってしつこく尋ねたものだから」

あぁ、だから言ったのに。

よりにもよって婚約者に元婚約者と一緒にいる場面を見られていたのか。いったい、彼はどんな弁明をしたのだろう。

ようやくエリオット家の使用人たちとも打ち解けてきたばかりなのに、波風を立てるようなことを言われたくないな。そう思って彼女の様子を窺い見るが、アンジェラに対する印象はなにも変わっていないように思えた。ギルバードは借金のことも、愛人のこともなにも言っていないのかも知れない。

「それにしても、あの令嬢ったら鼻持ちならないわね！　私たちのことをなんだと思ってるのかしら」

苛々した様子から、今夜もグレンダがなにかやらかしていることを知る。

我《わ》が儘《まま》なグレンダは、自分の思い通りにならないとすぐに機嫌を損ね、癇癪《かんしゃく》を起こす。当時も随分迷惑をかけられたことを思い出し、苦笑した。

「わかったなら急いで！」

「えっ、あっ！」

腕を取られ、ずんずんと会食が行われている会食の間へ連れて行かれた。扉の前で一旦立ち止まり、「いいこと。なにを言われても黙って耐えなさい。と、ことづかっているから。ちゃんと伝えたわよ」

最後に念を押され、アンジェラをお連れしました」

「失礼します。アンジェラをお連れしました」

扉一枚隔てた世界は、別世界だった。

天井から釣り下がる豪奢なシャンデリアの眩《まばゆ》い光、正面の壁に描かれた聖書の一場面、テーブルに並んだ豪華な食事とそれを囲む煌びやかな衣装を着た貴族たち。

脇にはたくさんの給仕をする使用人たちが並んでいる。

懐かしい世界に目を細めると、

「まぁ、本当にアンジェラなのね！」

甲高い声が広間に響いた。

二年ぶりに見るグレンダの碧《みどり》色の双眸がアンジェラを捉える。大きく胸の開いたドレスから覗く豊かな谷間と垂らされた後れ毛がなんとも悩ましい。紅《あか》く塗られた肉感的な唇も長い睫毛の影が見せる物憂げな眼差しも、すべてが官能的だ。

二年前よりもさらに濃艶《のうえん》になったグレンダの姿につかの間圧倒される。彼女こそ、ギルバードが求めている理想の女性像そのものだと思った。

(あぁ、きっとギルバードはこういう女性を思い描いていたのね)

アンジェラと顔を合わす度に、容姿の貧相さを耳元で囁き続けた。ようやくギルバードは地位と美貌の両方を兼ね備えている令嬢との婚約を手に入れたのだ。

「噂には聞いていたのよ、あなたがこちらへ戻ってきて使用人をしていると。たしか、先日まではボード伯爵邸に勤めていたのよね。どうして辞めてしまったの?」

ただし、場をわきまえない話題選びは相変わらずだ。

グレンダのことだ、どうせ理由などとうに知っているのだろう。

「ご無沙汰《ぶさた》しております、……グレンダ様」

彼女のペースに巻き込まれては駄目。アンジェラは平静を装い、頭を下げた。会話に乗ってこないアンジェラに、グレンダは僅かに目を細める。

「ここに来て、私の給仕をしてちょうだい」

メイド頭に目線で窺いを立てると、渋い顔をしながらも小さく頷かれた。

「かしこまりました」

近づき、空いた皿を受け取る。グレンダはワインを呷《あお》りながら、「ねぇ、アンジェラ」と声色を変えた。

「私、ギルバード様と婚約するの」

「……おめでとうございます。素晴らしいですわ」

「まぁっ、あなたから祝辞をいただけるなんて思いもしませんでしたわ」

グレンダは目をキラキラと輝かせて喜色を浮かべた。が、すぐに目を猫のように細め、アンジェラを見据えた。

「それとも、今から私の機嫌を取っておこうという算段なのかしら。あなたは昔からその手の駆け引きはお得意だったでしょう？　いつだったかしら、大公のご嫡男が失くした人形をあなたが探してあげたことがあったわね。あれがきっかけで、レイン侯爵の事業も随分楽に進んだと聞いているわ。ねぇ、アンジェラはご存知だった？　あの後、私たちの間でこんなお話が広まりましたのよ。あれはアンジェラの自作自演だったのではないかしら、って。あら、怖い顔！　私が言ったわけではないわ、誰もが口々に噂していたのよ。わざと人形を隠して、苦労して探し出したように見せかけたのだと。でなければ、あんな広い敷地のどこかに落とした人形など見つかるわけありませんもの。ねぇ、ギルバード様」

しなを作った声で、グレンダがギルバードを見遣った。

「ギルバード様もそのお話はご存知でしょう？　おかしいと思いませんでした？」

とんだ尾ひれがついた噂話を蒸し返され、アンジェラは内心うんざりしていた。その話なら嫌というほど聞いている。当時も散々陰口を叩かれた。

目の前に泣いている子供がいた。母親からもらった大切な人形だと聞いたらなんとしてでも探し出してやりたいと思った。それがそんなにいけないことなのだろうか。

どうして彼女たちは善意を悪意にすり替えようとするの。

間違ったことはしていない。だから噂に屈するつもりは毛頭《もうとう》なかった。

けれども、同時に人を陥れようと痛くもない腹を探られることに嫌気がさしたのも事実。社交界から足を遠ざけた要因はギルバードの嫌がらせだけではない、その出来事もあったからだ。

言い返せればどんなに溜飲《りゅういん》が下がっただろう。

どうして自分は今、令嬢の肩書きを持っていないの。

いわれもない誇りを浴びせられるのを、黙って受けるしかない自分がひどく惨《みじ》めで、悔しかった。

「あら、なぁに。その顔。私になにか言いたげね」

「……いいえ、申しわけありません」

「あなたのその目、妙に大きくて吊り上がっていて、私とっても嫌いだったの。ギルバード様は行き場を失くしたあなたが〝可哀想だから〟と雇ってくださったみたいだけれど、私がギルバード様と結婚した暁には、解雇するわ。本当、ギルバード様はお心が優しい方よね。

そうは思わなくて？」

己の立場を笠にグレンダは言いたい放題だ。

（可哀想……か。彼の立場なら、そう言うしかないわよね）

まさかギルバードも婚約者の前で借金の形に愛人をさせている、とは言えまい。

「残念だったわね、レイン侯爵があんなことにならなければ、使用人などしなくて済んだのに。ところで、侯爵はまだご存命ですの？」

刹那《せつな》、広間に緊張が走った。

レイン家の事件は、使用人の間でも知られていること。アンジェラがレイン家の人間であることもだ。

誰もが触れなかった話題に土足で踏み入ってきたうえに、勝手に父を亡き者と決めつけたグレンダの態度に場の空気が固まった。

「――はい」

「罪を認めず北の地へ送られたんですって？　ご老体には厳しい環境ですわね」

「……ッ、ご心配いただきありがとうございます」

無意識に食器を持つ手に力が籠った。グレンダがそれを見逃すはずもなく、

「あら、嫌だわ。もしかして気を悪くなさったのかしら！　でも、仕方がないわ。どれも本当のことですもの」

「グレンダ、その辺にしておきなさい」

見かねたドーソン侯爵が仲裁に入る。面長《おもなが》の顔に細い目、豊かな口髭《くちひげ》を固めた中肉中背の紳士はそこにいるだけで場を制する。圧倒的な威圧感から発する声には力があった。

「お父様、私は昔の友人と世間話をしているだけよ。――そうよね、アンジェラ」

それに頷けとでも言うのだろうか。

アンジェラは奥歯を噛みしめ、こみ上げる憤りを必死に堪えた。

「失礼します」

「待ちなさいよ」

後ろへ下がろうとするアンジェラとグレンダのワインを持った方の腕が当たる。

「きゃっ！」

あっと思う間もなく、零れ落ちたグラスがグレンダのドレスを赤く染めた。

「ちょっと、なにするのよっ!!」

「も、申しわけございませんっ」

怒声に唖然として我に返った。使用人たちがタオルを持ってグレンダに駆け寄ってくる。

アンジェラも濡れたドレスに触ろうとした時だ。

「気安く触らないでっ!!」

振り上げられた手がアンジェラの右頬を打った。

「どうしてくれるのっ!?　あぁ、もう！　折角のドレスが台無しだわっ!!」

「申しわけありません」

「謝ってどうにかなると思っているのっ、あなたのお給金で仕立て直すとでも言うのっ！」

「それは……」

弁償という言葉に、顔から血の気が引いた。

このドレス一枚仕立てるのに、アンジェラはどれだけ働かなければいけないだろう。半年、いやもっとだ。

「も……申しわけありませんでした」

真っ青になると、グレンダが不遜な顔で鼻を鳴らした。

「これだから使用人は嫌いなのよ」

虫けらを見る蔑みの視線に、アンジェラは唇を噛む。理不尽な叱咤であっても、使用人である以上、アンジェラは詫びるしかなかった。

「グレンダ様、使用人の失態は私の過失。どうかドレスをプレゼントさせてくださいませんか」

「まぁ、ギルバード様」

途端、声音を変えたグレンダが傍に来たギルバードにしな垂れかかった。

「ごめんなさい、大きな声を出して。折角あなたに会うために新調したドレスだったから、少し動揺してしまったの」

「今夜のあなたは一段と美しいですよ」

囁き、グレンダの指先に口づけた。

「ギルバード様、私少しワインに酔ったみたいです」

「それはいけない。部屋を用意させるのでよろしければ今夜はお泊まりになってはいかがですか」

「ですが、まだ正式に婚約もしていませんのに。そんな……」

仄かに頬を染めて恥じらいを見せると、「ではドーソン侯爵にお伺いを立てましょう」と囁いた。

「いかがでしょうか」

「私はかまわんよ」

二人のやり取りを見ていたドーソン侯爵は鷹揚に頷く。

「決まりです。明日、さっそく仕立て屋を呼びましょう。私の為に美しくされたあなたを一日でも早く見てみたい」

「ギルバード様……」

うっとりと熱っぽい眼差しでギルバードを見つめるグレンダは、アンジェラの存在などとうに忘れている。

ギルバードはヘルマンに目くばせし、部屋を整える指示を出すとグレンダと連れ立って、広間を出ていった。

「ドーソン侯爵、お部屋までご案内させていただきます」

ヘルマンの声に、ドーソンも遅れて広間を出た。

主たちがいなくなった途端、誰からともなく溜息を零す。

「アンジェラ、……大丈夫？」

床にへたり込んだままだったアンジェラに、同僚がおずおずと声をかけて寄越《よこ》した。先ほどアンジェラを呼びに来た彼女だ。

「大丈夫……です」

「ごめんなさい、こんなことになるとは思わなくて」

「平気です。——慣れていますから」

グレンダの癇癪も嫌がらせも今に始まったことではない。なんでもないと首を振り、立ち上がった。

「お騒がせして申しわけありませんでした。片付けます」

騒ぎを起こしたことを詫び、残された食器を片付け始める。やがて戸惑い顔でアンジェラを見ていた使用人たちもそれに倣《なら》った。

山のような食器を抱え、厨房へ駆け込んだ。他の人の目に赤い頬を見られないよう俯き、急ぎ足で厨房奥の水場へ入った。積み上げた皿を取り、猛烈な勢いで汚れを落とし始める。あかぎれに沁みる洗剤の痛みに涙が滲んだ。

（こんなことくらいで泣かないんだからっ）

ぐすっと鼻を啜り、奥歯を噛みしめこみ上げるものをやり過ごした。視界を覆う薄い膜が零れないよう必死に瞬きを繰り返す。

初めて身分がない口惜しさを思い知らされた。

瞼《まぶた》に残った寄り添い部屋を出ていく二人の残像がどす黒い煙を噴き上げ、アンジェラの心を真っ黒に染めていく。それはひどく重たくて、アンジェラを苛立たせた。

彼の隣に立つのは自分だった。あんなことにさえならなかったら、今頃ギルバードの妻になれたのは自分だったはず。嫌味な友人に蔑まれることも、人前で父を侮辱され頬を殴られることもなかった。あんなことさえなければ——っ。

ガチャン！　と食器が音を立てて割れた。

違う、そうではない。胸を焦がすこのどす黒い感情は屈辱ではなく——嫉妬。

グレンダに婚約者の地位を奪われたことが、こんなにも悔しくて辛い。

知りたくなかった気持ちが今、怒りの咆哮《ほうこう》を上げていた。耳を塞ごうにも、その声はあまりにも大きく、アンジェラを追い詰める。

認めろ、自覚しろ。

喚《わめ》く声をやりきれなさが一笑する。

そんなことをしてなにになる。今のアンジェラにはなにもない、彼を繋ぎ止めておけるものはひとつも持っていないのだ。

(好きだなんて、気づかせないで……)

報われない想いなら永遠に気づかないままでいたかった。

どうして今なの。なぜすべてを失ってから気づいてしまったのだろう。

桶《おけ》に溜まった水を眺めれば、水面に映った己の顔が見えた。なんて情けない顔をしているの。

ギルバードが好き。けれど、彼にはもう寄り添う女性がいる。ならばこの想いはどうすればいい？

（馬鹿ね、諦めるしかないじゃない）

言い聞かせるように水面の自分を笑い、それからは一歩も厨房から出ることなく、無心で食器を洗い続けた。


食器をすべて洗い終わってみれば、厨房はアンジェラだけになっていた。

明かりが灯《とも》っているのは水場のところだけ。喧騒《けんそう》と活気が消えた厨房は、冷え冷えとした静寂が漂っていた。

真っ赤になった指先に息を吹きかけ、最後の明かりを消す。厨房を出れば、眠りについた屋敷の中になんとも言えない静謐《せいひつ》を感じた。

（疲れた……）

ずっしりと肩にのしかかる疲労感がある。それが仕事疲れでもたらされたものでないことくらい、アンジェラは気づいていた。本当に疲弊《ひへい》しているのは、心の方だ。

素晴らしい日になると思った自分は大馬鹿だ。

ギルバードが婚約する。しかも相手はグレンダだった。

（お似合いだわ）

また思い出した二人が寄り添い広間を出ていった姿を今度は薄ら笑った。見せつけられた身分の差。アンジェラと彼らとの間には、乗り越えることは許されない大きな隔たりがある。気づいた感情を自覚したところで、どうしようもないのだ。

（すべてが遅すぎたのよ）

二年前ならなんの障害もなく結べた想い、だが父の事件がアンジェラの環境を一変させた。遠くない将来、アンジェラはこの屋敷を出ることになる。

ギルバードとて、今はグレンダの機嫌を損ねたくはないはずだ。彼女が一言「アンジェラをクビにして」と言えば、簡単に切るだろう。

そうなれば、ギルバードと交わした愛人契約も終わるのだろうか。もともと愛人らしいことはなにひとつしていない。ギルバードは端からアンジェラを抱く気などなかったのかも知れない。

ただ、小憎らしかった侯爵令嬢をひれ伏させたかっただけ。そう考えれば、なにもかもが腑《ふ》に落ちる。

アンジェラはギルバードが付き合っていた女性たちとは対極の存在だ。彼好みの美人でもないし、豊満な肉体でもない。棒切れみたいな貧弱な体に誰が好き好《この》んで手を出すだろう。それこそ侯爵という肩書きでもなければ、見向きもされない。わかっていたじゃないか、自分の価値などどこの程度だと。

ギルバードは決してアンジェラを愛さない。どれほど焦がれても、この想いは永遠に届かない。

彼は、欲しかったのははじめから侯爵家の力だと宣言していた。その事実は父が逮捕された時点で嫌と言うほど思い知らされた。そしてまた、彼は違う令嬢を妻に望んでいる。

（あぁ、お父様はなぜお金を必要としていたの。どうしてこんなことになってしまったのかしら）

事業資金の横領、エリオット家への多額の借金。それほどわが家は逼迫していたというの。

はぁっと重い溜息を吐き出し、のろのろと三階へ続く階段を上る。もういっそ厨房で眠ってしまいたいくらい疲れきっていた。

（リアーナは無事家族の許へお薬を送れたのかしら？）

打たれた頬をさすりながら、ふとリアーナのことを思い出した。

そういえば、あれから一度も彼女の姿を見ていなかった。薬を買い、田舎へ送るにしてもさすがに遅すぎる。

（それとも忙しくて会えなかっただけ？）

今日はみなが慌ただしかったせいで、屋敷の中にいても互いに違う作業についていてすれ違っていただけなのかも知れない。が、今はそれすら考えるのも億劫《おっくう》だった。

硬いベッドをこんなにも恋しく思ったことはない。

ぼんやりとしながら二階の踊り場を回り、三階へ上がる階段に足を掛けた時だ。

「きゃっ！」

ふいに後ろから伸びてきたなにかに腰を攫われた。上げかけた悲鳴は口を塞がれ遮られる。

(な、なにっ⁉)

振り仰げば、薄闇の中でも煌めくコバルトブルーの瞳があった。

(ギルバード⁉　どうして)

だが、口を塞がれていて問いかけられない。ギルバードを凝視すると彼はクッと目尻を歪め、そのままアンジェラを近くの部屋へと連れ込んだ。

入ってすぐ傍の壁に、体を密着させることで拘束される。最中、ふわりと薫った甘ったるい香水の香り。

「嫌っ‼」

グレンダの香りが移るほど密着していたことに嫌悪を覚えて、身を捩った。

「離れてっ！　触らないでっ‼」

あれからずっと彼はグレンダと一緒にいたのだろうか。ふたりきりでなにをしていたの。

めらめらと胸の奥で燻る黒い感情を感じたくなくて、ギルバードを拒絶することで嫉妬の焔から目を背けた。

「あっ……、んんっ‼」

が、伸びてきた手が顎を摑み、強引に顔を上向けさせる。視界に金色の髪が映り込むと同時に唇を塞がれた。

「――ッ!!」

ねじ込むように唇を割り開かせ、舌を差し込まれる。侵入してきた肉厚の感触を追いやりたくても、彼の全身で押さえ込まれた体ではろくな抵抗もできなかった。ならばと唯一自由が利く腕を上げ、何度も拳で彼の肩を叩く。彼の腕に爪を立てた。

(嫌、嫌っ、いや――っ!!)

グレンダに触れた手で触らないで。彼女に口づけた唇なんていらない。

必死でやめてと訴えているのに、ギルバードは延々と口づける。逃げる舌を搦め捕り、吸い上げる。舌先で歯列をなぞる。そうして生まれるむず痒い刺激。

「ん……っ、ぅん」

繰り返される口腔への愛撫《あいぶ》に、やがて意識が朦朧《もうろう》としてきた。腕に立てていた爪を和らげ、キュッと袖を摑むと、さらに深く口づけられた。

「んん……っ」

不意に離れた唇が寂しくて、無意識に追いかけた。すると両手で頬を包まれ、また重なる。何度も何度も角度を変えて口づけられた。

「……はぁ」

無心になって互いを求めれば、コバルトブルーの瞳に見たことのない焔を見つけた。そして、そこに映り込むアンジェラもまた同じ焔を瞳の中に宿している。芽生えた彼への恋慕がじくじくと理性を焼き潰そうとしていた。

（――でもっ）

欲望を押し止めたのは彼から香るグレンダの残り香だった。

「……いけません」

アンジェラはそっと目を伏せ、瞼の奥にギルバードへの想いを隠した。消え入りそうなほど小さな声で呟き、ギルバードを押しやる。

「グレンダ……様とご婚約なさるのでしょう」

ギルバードが婚約を政治的手段としか捉えていなくても、グレンダはギルバードを愛している。それは誰の目から見ても明らかであり、だからこそアンジェラを執拗に攻撃するのだ。

彼女の想いに彼も気づいているはず。

婚約者が自分以外の女性と親密にする辛さを教えてくれたのは、ギルバードだ。グレンダは苦手だが、同じ女として彼女が抱くだろう悲しみはどうしても無視できない。

（あんな思いをさせては駄目）

ギルバードにとってもこの婚約は逃したくはないはず。ならば、こんなところで〝メイド風情《ふぜい》〟を相手にしていては駄目なのだ。

彼が向かうべき場所は、グレンダの待つ部屋だ。

なのに、ギルバードは思いもよらない言葉を返してきた。

「まだ痛むか」

「ギルバード様っ」

殴られた方の頬を撫でられ、アンジェラは焦った。

「やめてくださいっ、私なんかより今はグレンダを」

「お前はそれでいいのか、俺が違う女を抱いてもいいんだな」

「そ――、んなことどうして私にお聞きになる…」

「答えろよ、アンジェラ」

「!!」

名前を呼ばれ、心臓が跳ねた。

「アンジェラ。嫌だって言ってみろよ。泣いて俺をねだってみろ」

そんなことができれば、こんな苦しみを味わっていない。乞いたくてもアンジェラたちを囲む環境がそれをよしとしていない。言えるわけがなかった。

首を横に振れば、チッと舌打ちが聞こえた。「可愛くない」くぐもった呟きがアンジェラの心を串刺しにする。試すような口ぶりの後の舌打ちと悪罵に心が戸惑う。彼がなにをしようとしているのかわからないからだ。闇雲にアンジェラの心を惑わし、いったいなにがしたいの。

彼が好きだから、思わせぶりな態度が辛い、愛のない口づけでも歓びを覚える体が惨めでたまらなかった。

(もう嫉妬なんてしたくないのに――っ!)

「だ、だったら可愛い婚約者のところへ行けばいいじゃない! きっと喜んで慰めてくれるわっ」

溢《あふ》れた鮮血が心にもない罵声となって口を衝く。本当はこんなことを言いたいわけじゃないのにと思っても、止まらなかった。

「本当は私のことなんて抱く気もないくせに！　わ…私だって、父様の借金がなかったら誰があなたとなんて、死んだってお断りよ!!」

思った以上に木霊した罵声。あ…と後悔しても遅かった。

珍しく目を見開き、驚愕を露にした美貌を狼狽えながら窺い見る。

言った言葉を取り消したいけれど、口が乾いて謝罪も弁明も出てこない。やがてギルバードから表情が消え去ると、残ったのはゾクリ…とする冷気だけだった。

「——知っているさ、そんなこと」

落ちた呟きは、心が潰れてしまいそうなほど悲しい響きだった。

「お前は一生俺を嫌っていればいい」

「な……に、なんの話を」

「なにも許すな」

「ギルバード、どうし……んんっ」

矢継ぎ早に言われ、噛みつくような口づけに言葉尻が飲み込まれた。頤《おとがい》を摑んでいた手がそのまま下へ下がり、首元まできっちりと着込んでいるお仕着せの釦を外す。

「ん、んっ!!」

目を剝き、眼前の美貌を凝視するも、彼の手は止まらない。手慣れた仕草でみるみる胸元が寛《くつろ》げられ、エプロンの肩紐と一緒にずり下げられた。夜の冷気が肌に当たるよりも早く、剝き出しになった肩にギルバードが手を這わせる。それは冷気よりも冷たく、ひやりとした感触に体が跳ねた。

「ギルバード、やめて！　駄目よっ」

アンジェラの制止は彼には聞こえていないのか。ギルバードの唇はゆっくりと指がたどった道を下ってくる。

今夜、彼はアンジェラを抱くつもりなのか。

過った予感に、アンジェラは全身を震わせた。

「お願い、駄目っ。今夜はグレンダがいるのよ！」

「黙れよ」

「あぁっ！」

身を屈めて下着から零れた膨らみの先端を口に含まれた。初めて知る口腔の熱さにビクッと肩が震えた。

「ギルバード、お願いっ。本当に駄目なの……っ、あっ！」

股を膝で割られ、腰を攫われる。上へと伸び上がることを強要されて、アンジェラはつま先立ちの体勢を取らされた。不安定な体を支えようとすれば、おのずと彼の足に腰を下ろす羽目になった。

「ギルバード、駄目だったら！」

なにが彼を駆り立てたのか。どうして突然こんなことをするの。

懸命に胸に埋まる金髪を引き剝《は》がそうと柔らかな髪の中に手を潜り込ませるも、舌先が繰り出す刺激の鮮烈さに力が入らない。

「やっ、あ……、あ……っ」

ギルバードは口腔内で小さな粒を転がし、しゃぶり、時折歯を立てて痛みまで与えてくる。その度にチリチリとした電流が腰骨へ流れる。反対の膨らみは、指で弄ばれた。

「は……ぁ、あ」

摘《つま》まれた先端を指の腹で擦り合わされ、爪で引っかかれる。そうかと思えば全体を掌で包み込まれ、捏《こ》ねるように揉まれた。

嬲られ、舐《ねぶ》られ、弄られることで知る、感覚。

「やぁ……、あ……ん」

痛いだけだった行為に、それとは別のなにかがある。呼び覚まされ、首をもたげたそれは徐々に下腹部《はら》を熱くさせた。

アンジェラは孕んだ熱が生むむず痒さをどうにかしたくて、無意識に腰をくねらす。内腿を彼の足に擦りつけ覚えた感覚を散らそうとした。

(なに、これ……。こんなの、知らな…い)

「あ……ぁ」

顎を反らし、もどかしさを吐き出す。素肌をくすぐる髪の感触にすら体は過敏に反応している。弱々しくギルバードの髪を摑み、消え入りそうな声で「やめて」と泣いた。

「アンジェラ」

またギルバードがアンジェラを呼んだ。ゆるゆると目を開ければ、「気持ちいいか」と問われる。アンジェラが力なく首を横に振ると、自嘲的《じちようてき》な吐息が胸元をくすぐった。

こんなこと、許してはいけない。

なのに、覚えた刺激はもっと彼が欲しいとねだってくる。

「あん……」

さんざん唇からの愛撫を施されたそこは、薄闇でもはっきり見えるほどてらてらと濡れそぼっていた。ツンと尖った先端にギルバードはもう一度口づける。彼は床に膝を折ると、さらに下へと下りていった。

「だめ……、いけないわ」

もはや制止の力もない言葉に、どれほどの意味があるのだろう。

ギルバードは一度だけ上目づかいでアンジェラを見遣り、持ち上げたスカートを半ば強引にアンジェラの口の中へ押し込んだ。彼の意図することがわからなくて眉を顰《ひそ》めた時だ。穿《は》いていたドロワーズがずり下された。

「――ッ!!」

そうして見た。ギルバードが躊躇いなく秘部へ顔を寄せる瞬間を。

「んん――っ!!」

彼の指が淡い茂みを掻き分け、その先にある秘めたる場所を撫でた。弾みでスカートを吐き出してしまう。はらり…とスカートが広がり、彼を隠した。

「ギル…バード！　なにして……あぁ！」

「声、抑えろ。聞こえるぞ」

くぐもった声に慌てて上げた声を噛んだ。が、その間もギルバードの行為は止まらない。秘部をなぞる指がゆるり、ゆるりと割れ目に沿って撫で上げる。何度も往復されるうちに、その部分が湿っていることに気づいた。

「や……やだっ」

なにかが溢れてきている。秘部を彼に見られているばかりか、触れられていることがたまらなく恥ずかしかった。

かたかたと膝が震える。アンジェラは片手で口を覆い、もう片方の手をスカート越しにギルバードの頭部へ添えた。

「ん……ぅん！」

止めどなく溢れる蜜が彼の指の滑りをなめらかにさせ、アンジェラへの刺激を強める。

(気持ち……いいっ)

卑猥《ひわい》なことをされているのに、それが気持ちよくてならない。もっとしてほしくて、おのずと腰が振れる。

「はぁっ！　あ……あんっ」

表面を撫でていた指が、不意に中へと潜ってきた。侵入してきた異物感に目を瞠り、咄嗟《とっさ》に股を閉じる。が、ギルバードの体がそれを拒んだ。

「ひ…ぁ、あ……あぁ、あっ」

ぬぷぬぷと抜き挿《さ》しされる感覚が気持ちいい。掌から零れる嬌声《きょうせい》が止まらなかった。

体を支配しつつあるこの感覚がなんなのかは本能が教えてくれた。

アンジェラはギルバードがくれる愛撫に感じている。

薄闇の部屋に響く水音が、彼に感じている証《あかし》だった。

愛されもしないのに、全身がギルバードを求めている。彼がもたらす極上の快感が欲しいと泣いていた。

指で体内を擦られる快感に意識を持っていかれかけた時、今までとは違う感触が触れた。

生温かい肉厚のそれは、そっと花芯を突いた。

「は……んっ、そこ……駄目っ。ギルバード！」

今日は一日働きづめで、どこもかしこも汗だくだ。第一、そこは唇が触れていい場所ではない。ギルバードの行為をやめさせたくて、背中を丸めて彼の頭を抱え込もうとするが、埋まった指の律動が体の自由を奪った。

やめさせたいのに、やめてほしくないジレンマに、どうにかなってしまいそうだ。

「ギルバード、ギルバード……ッ。も……う、立っていられない」

今にも崩れ落ちそうな腰が、がくがくと揺れる。二本に増やされた指が内壁を探るように

擦り上げる。ある一点を掠められた刹那の刺激に、背中を弓なりにしならせた。

「あぁ――っ!!」

それを合図に愛撫の手から遠慮が消える。ギルバードの指と口に追い立てられ、快感の扉を全速力で駆け上がらされた。視界の端でなにかが動く気配を感じたが、快感が強すぎてそれを確認することすらできない。些末な違和感はギルバードの指遣いによって霧散した。

ぐちゅ、ぐちゅ…と響く淫猥《いんわい》な水音に混じって、蜜を吸う音が鼓膜を犯す。聞いているだけで恥ずかしい音なのに、それがさらなる興奮を煽り、蜜を滴《したた》らせる。

「ギル……、ひっ……ぁあ、だめっ!」

同じ場所を擦られることで全身を蠢《うごめ》き踊っていた快感が一斉に一点を目指し、上ってくる。つま先まで強張らせ、内股を這い上がってくる疼《うず》きに成す術もなく翻弄された。

「あ、あっ、や……っ。こわ……いっ」

得体の知れない扉が瞼の奥で瞬く。あれを開けてしまうことが怖かった。その先を知れば、きっと自分が変わってしまう。なのに、追い上げられた快感がアンジェラの恐怖をも飲み込み、怒涛《どとう》の波となって扉の先を目指した。

花芯を強く吸われた次の瞬間、

「あ、ん――ッ!!」

強烈な快感が全身を貫いた。脳天まで痺れさせたそれに、一時息をすることを忘れる。彼の指をきつく締めつけていることも気づけないくらい、突き抜けた快感に支配された。

ずるり…と指が抜けると同時に、膝が折れる。

「あ……っ」

スカートの中からギルバードが顔を出すのとほぼ同時に、アンジェラの体は壁を伝い床へと崩れ落ちた。はぁはぁと肩で荒い息を繰り返し、ぼんやりと目の前に佇むギルバードへ視線を遣る。

ぺろりと舌なめずりをした仕草はひどく獣じみて見えた。

(あの唇が私の……)

コバルトブルーの瞳がまっすぐアンジェラを捉えている。伸ばされた手を振り払う気力はどこにもない。されるがまま、アンジェラは彼に組み敷かれた。

「だ……め」

ここが境界線だ。今なら未遂で終わることができる。

互いにそのことを知りながらも、彼の美貌に宿った欲情は消えない。だが、それはアンジェラも同じことだ。

それでも、辛うじて残っている理性が駄目だと声高に叫ぶ。

「ギルバード、お願いよ……」

懇願は目を眇められることで一蹴された。上着を脱ぎ捨て、下衣を寛げる。

(もう逃げられない)

ギルバードは取り出した欲望の証を広げた脚の奥へと宛がい、アンジェラの体を裂いた。

疲労感だらけの体を自室のベッドへ沈めたのは、窓の外に朝を呼ぶ小鳥の囀《さえず》りが聞こえ出した頃だった。

朝もやが窓の外を白く染めている。

アンジェラは摑んだ札束を床に落とし、目を閉じた。

『アンジェラ』

一晩中呼ばれた声が耳に染みついている。駄目だと拒むアンジェラを許さず、押し入ってきた灼熱の楔《くさび》が今も体の奥に収まっているみたいだ。

最奥《さいおう》に叩きつけられた熱い飛沫《ひまつ》。それは一度では終わらず、何度もアンジェラの体内を濡らし、彼のもので満たされた。

（どうしてなの……？）

愛してもいないくせに、なぜ？

婚約者がいる屋根の下で、元婚約者を抱いたギルバードの心なんて知ってどうする。きっと傷つくだけではないか。

それなのに、一晩中彼と触れ合っていた体のあちこちに、ギルバードの温もりが残っている。なぞる指の感触、唇の柔らかさ、囁く少し掠れた声、しなやかに動く筋肉と、彼が刻む律動の激しさ。圧倒的な質量で裂かれた体が痛いと泣きながらも、彼がくれる快感にむせび泣いた。

婚約者がいる人と通ずる背徳感が今頃になってじくじくとアンジェラを責める。

これは合意なんかじゃない。ギルバードが求めてきたから〝仕方なく〟身を差し出しただけのこと。

彼に借金がある身でどうして彼の命に逆らうことができるだろう。

（――嘘ばっかり）

並べ立てたもっともらしい理屈に空笑う。口では嫌だと言いながらも、心は彼に抱かれる歓びに打ち震えていた。触れ合えた幸福を感じていたからこそ、アンジェラは甘い蜜を滴らせ彼を受け入れたのではないか。

始めたのはギルバードでも、それに応えた時点でアンジェラも同罪だ。

グレンダはなにを思うだろう。どうか彼女に昨夜のことがばれませんように。

今日が休みでよかった。

リアーナと休暇を交換した自分を褒めてあげたい。

うつらうつらと船をこぎ出した意識に誘われるまま、アンジェラはつかの間の眠りに落ちた。

目が覚めたのは、部屋の外がにわかに騒がしくなっていたからだ。

幾人もの足音が慌ただしく行き交い、メイド頭が指示をする声が聞こえる。

（ん……）

重い瞼を薄く開け、窓から差し込む朝日の眩しさにぎゅっと目を瞑った。再び眠りの淵《ふち》へ落ちてしまいたい誘惑と戦っている間も、外の喧騒は大きくなっていく。

（なにかあったのかしら？）

しぶしぶ体を起こし、ベッドに腰掛ける。つま先に当たった物に目を遣れば、それはギルバードに持たされた札束だった。

『今夜の分だ』

こんな大金、いつの間に用意したのだろう。

部屋を出ていく間際、無理矢理彼に持たされた。いらないと突っぱねる余裕もなく、言われるがまま持ち帰ってきてしまった。

（これが私の値段）

掌に収まる重みがアンジェラの価値。誰が見ても大金だという額だ。なのに、アンジェラには虚しさしか与えてくれない。

所詮、自分はギルバードにとってこの程度の存在なのだ。

わびしさを笑い、札束をいつも金貨を貯めている瓶に入れようとベッド脇へしゃがみ手を伸ばしていると、唐突に扉が開いた。

ノックもなく現れたのは、グレンダ。咄嗟に持っていた札束を背中へ隠した。

彼女はアンジェラの行動を見咎《みとが》めると、

「きゃ――――っ!!」

突然、大声を張り上げた。

「誰か、誰か来て！　この子が犯人よっ!!」

ぎょっとするアンジェラをよそに、グレンダはここぞとばかりに騒ぎ立てる。すぐに使用人たちがアンジェラの部屋へ集まってきた。

「今、背中に隠した物を出しなさい！」

床に座り込んで呆気にとられているアンジェラに、グレンダが詰め寄る。後ろに回した手を掴まれ、咄嗟にその手を振り払った。

「なにをするのっ！　誰が犯人よっ!!」

「私の指輪を盗んだでしょうっ！」

「な――っ」

驚愕《きょうがく》に大きくなる目を、グレンダがしたり顔で見ている。

「ち…違うわ！　私はあなたの指輪なんて知らないっ。なにかの間違いよっ!!」

突然降りかかってきた火の粉に、アンジェラは成す術もなかった。狼狽え、声を張り上げ無実を訴える。

どうしていきなり自分はグレンダの指輪を盗んだ犯人にされているの。聞こえた喧騒は、グレンダの指輪を探していたからなのか。

「父親が父親なら、娘も同類ね！　横領の次は窃盗だなんて、侯爵家の名をどこまで貶めれば気が済むの⁉」

「それも違うっ！　父は横領なんてしていないわ！」

「では、なぜレイン侯爵は逮捕され、極寒の地へ送られたの？　罪人だからではなくて」

「違うわ！　父は、父様は……ッ」

悔しさが先走って言葉に詰まると、グレンダが勝ち誇った表情でアンジェラの前に立ち塞がった。

「落ちぶれたものだわ」

「……違う、本当に違うの！」

助けを求めて周りを見渡す。だが、使用人たちは二人のやり取りを受けて、アンジェラに狼狽《ろうばい》と猜疑《さいぎ》が入り交じった眼差しを向けていた。

「あ……」

また、だ。二年前、散々向けられた視線を浴びてアンジェラは声を発せられなくなった。

「どうしたっ、何事だ！」

荒々しい足音と共に部屋に入ってきたギルバードの声に、一瞬で人だかりが割れた。メイド頭と連れ立ってやってきたギルバードは事態を一瞥するや否や、アンジェラとグレンダの間に割って入った。

「どういうことなのか、ご説明願えますか。グレンダ様」

「どうもこうもありませんわっ。この下賤《げせん》の者が私の指輪を盗んだのです」

興奮気味の言葉にギルバードがアンジェラを振り返る。アンジェラは震えながら、「……嫌、見ないで」と首を振ることしかできなかった。

今は向けられる視線すべてがアンジェラを非難しているようにしか見えない。

「なにかの間違いでは？」

「ギルバード様は私の言葉を疑いになられるのっ。その女を庇《かば》うとおっしゃるのかしらっ!? 背中に隠しているものがそうですわ！　今私がご覧に入れて差し上げますっ」

鬼の形相《ぎょうそう》で摑みかかろうとするグレンダを制し、ギルバードがアンジェラの前に跪《ひざまず》く。

「アンジェラ、後ろに隠した物を見せろ」

「でもっ」

嫌だと首を振れば、「大丈夫だ」と言われる。手を差し出され、迷ったがアンジェラは隠していた札束をギルバードに見せた。

大金を目にした使用人たちからはどよめきが上がった。彼らが一年かけても手にできない額に、動揺が走る。

アンジェラはどこからこの大金を手に入れたのか。

彼らの興味は一斉にそこへ集まった。

向けられる眼差しの厳しさに顔を伏せた時、グレンダがその疑問に答えた。

「まぁっ、私の指輪を売ったのね！」

どこへ転んでもアンジェラの立場は好転しない。すっかり萎縮するアンジェラにさらなる追撃の声があった。

「わ…私！　私、見ましたっ。アンジェラが金貨を持ってるとこ。そ、それに何度か不審な行動をしているところもっ」

悲鳴じみた告発に、顔から血の気が引いた。声が上がった方を見遣れば、リアーナがいた。

「そ……ん、な」

零れた絶望に、リアーナはなおも叫ぶ。

「私に金貨を見せびらかしてきました！　どうしたのかと聞いても答えてくれなくて、それに屋敷の備品が先日から無くなっているんですっ。もしかしてあの金貨はアンジェラが」

「やめないか、憶測だけの軽弾みな発言は慎むんだ」

ギルバードの怒声に、リアーナは肩を震わせ口籠った。目が合うと、逃げるように顔を背けられる。

猜疑心がいよいよ蔑みの眼差しに変わった。

アンジェラは竦み上がり、夢中で声を上げた。

「ち……がいます！　私は他人様の持ち物を勝手にお金に換えたりしませんっ。屋敷の備品のことも私ではありませんっ」

「往生際が悪いわよ、誰もあなたの言葉を信じていないわ。もしそのお金が私の指輪を売ったものでないのなら、どうやってそれほどの大金を手に入れたの」

「そ、れは……」

問われても、答えられるはずがなかった。

このお金は彼に抱かれた対価としてもらったもの。言えば、アンジェラが愛人としてこの屋敷に入ったことが知られてしまう。

そうなれば、婚約を目前に控えた彼の立場はどうなってしまうの。

（そんなこと――できないっ）

自分のせいで、ギルバードの人生が狂うのだけは駄目だ。それならいっそ……。

間違っていると知っていても、つかなければいけない嘘がある。今更汚名がひとつ増えたところでアンジェラに失うものは、なにも残ってなどいない。

ゴクリ、と唾を飲み込み乾いた口を開いた。が、震える手をギルバードが握った。

『なにも言うな』

コバルトブルーの目が強い眼差しで命じていた。見たことのない決意めいた光をその中に見出し、アンジェラはドキリと胸騒ぎを覚えた。立ち上がり、ギルバードはグレンダと対峙《たいじ》する。嫌な予感に急き立てられアンジェラも立ち上がると、ギルバードの服の裾を摑んだ。

「なにを……言うつもりなの」

「黙っていろ」

「ギルバード様、やめてください」

「かまいませんわ、おっしゃってください」

「ギルバード様っ」

言わせては駄目だ。本能が掻き鳴らす警鐘にアンジェラが乾いた口を開きかけると、

「騒々しいな」

鷹揚とした声音の紳士が姿を見せた。その後ろには執事のヘルマンが付き従っている。

「お父様！」

面長の顔についた細い目が状況を見た途端、さらに細くなった。

ギルバードが僅かに緊張した。

「さて、これはどういうことなのかね。説明を聞かせてもらってもいいだろうか」

張りのある声は、それだけで場の空気を一変させる。ギルバードにはない貫禄《かんろく》がドーソン侯爵には備わっていた。

「お父様、聞いてください！　この者が私の指輪を売り払いお金に換えていたのですっ。それだけではありませんわ、屋敷の備品にも手をつけていたのです」

これみよがしにアンジェラを盗人呼ばわりするグレンダに、ギュッと奥歯を噛みしめた。どうあってもアンジェラを犯人に仕立て上げたいらしい。

「ふむ、なるほど」

細い目に見据えられた瞬間、ピリッと肌に電流が走った。

「娘は君に指輪を盗まれたと言うのだが、見たところ君はそれを否定しているのだね。どうだろう、やましいことがないのなら、この部屋を探させてくれないか。その上で金の出所を

聞こうじゃないか」

冷静な声音は、それが最善の術《すべ》なのだと思わせる力があった。けれど、それがアンジェラの身の潔白を証明するものでないことをアンジェラは感じていた。

グレンダがここまで強気な姿勢を崩さないのは、確固たる自信があるからだ。つまり、指輪はこの部屋にあるということ。

見つかれば窃盗犯。万が一、見つからなくてもグレンダはこう言うだろう。

「やっぱり指輪を売ったのね！」と。

どちらにしろ、アンジェラは窃盗犯の汚名を着せられ、この屋敷から出ていかなくてはならなくなる。それこそグレンダが望んでいることだからだ。

「ドーソン侯爵、お待ちください。これは私の屋敷で起こったことです。どうか私に采配を任せてください」

「それができずにこの騒ぎになっているのではないのかね。それに無くなったのは私の娘の持ち物だ。関係ないとは言えない立場のはずだが？」

「――わかりました、お調べください」

「アンジェラッ」

ギルバードもアンジェラがたどる末路が見えているのだ。珍しく声を荒らげた彼に小さな苦笑を見せた。

（――もう、いいの）

それでも、ひとつだけ守れるものがあるから。

アンジェラたちは部屋の外に出され、使用人たちによって部屋の捜索が行われた。五分と経たないうちに「ありました」と中にいたひとりが声を上げた。

それは枕の下から出てきた。豪奢な装飾台に嵌《は》められたルビーの指輪。落ちぶれても令嬢だったアンジェラにはそれがいかに高価なものであるかくらいの判別はできる。

(あぁ……)

誰が盗んだものを枕の下になど隠すだろう。まるで見つけてくださいと言わんばかりの場所から発見されたことに、アンジェラは静かに目を伏せた。

「説明してもらえるかね。どうしてこれがここにあるんだ」

侯爵は指輪を手にアンジェラの前に立った。

「アンジェラが盗んだからですわ！」

「グレンダ、少し黙りなさい」

ドーソン侯爵の後ろで揚々と答えたグレンダを、侯爵は静かな声で諫めた。

「侯爵、アンジェラは決して他人の物に手を出す娘ではありません」

「君も黙りなさい。私は彼女に尋ねているんだ」

ギルバードの擁護《ようご》もドーソン侯爵は取り合わない。あくまでアンジェラに答えさせようとしていた。

大丈夫、覚悟は決まっている。

「――私が、盗んだからです」

利那、場は緊張と落胆に満ちた。散々猜疑の目を向けていた使用人たちもアンジェラの自白に強張っている。

だが、ひとりだけそれを否定する声を上げた。

「違う！　嘘を言うのはやめろ」

「嘘ではありません、ギルバード様。行くあてのない私を拾ってくださった御恩をこのような形で返してしまうことをお許しください」

「アンジェラ！」

「その金はどうしたのだ」

侯爵の声にアンジェラの嘘は続く。

「……昨晩、金庫から盗みました。このお屋敷は昔何度か訪れたことがありますので、その時に金庫の場所も知っていました。どうしても贅沢が忘れられず、つい手を出してしまったのです。私もグレンダ様のような美しい宝石が欲しかった」

「やめろ、アンジェラ!!」

「申しわけございません」

深々と頭を下げると、周囲からは侮蔑の眼差しが突き刺さった。

これでいい。ギルバードがアンジェラを庇うほど、彼は使用人思いの主として印象づけられるだろう。濡れ衣を着せられても、守らなければいけない秘密をアンジェラは昨夜、抱えてしまった。

　ギルバードの未来の為に、アンジェラができることはこれしかないのだ。

「君には解雇を言い渡す。異論はないね」

「はい」

「お待ちください！」

「君は窃盗犯を屋敷に置き続けるつもりか。彼女は今、罪を自白した。温情をかけるのもいいが、それでは他の者に示しがつかない。彼らも罪人と共に働きたくはないはずだ。違うか」

「アンジェラはなにも盗んでいないっ、その金は」

「もうよろしいのですっ。お心づかいありがとうございます。ギルバード様」

「アンジェラ！」

「誰か、ギルバードを連れ出してくれ」

「やめろ、離せっ！　その金は俺が渡したんだ!!」

　だが、叫んだ真実は誰にも伝わることはなかった。

　両脇を抱えられ、喚くギルバードを使用人たちが引きずりその場から連れ出した。

　静かになると、再びドーソン侯爵がアンジェラに向き直る。

「君も知っているだろうが、彼は今月私の娘と婚約する。どのみち、そうなれば君はこの屋敷を去る立場にあった。犯罪に手を染めなければ次の屋敷への紹介状もあっただろうに、贅沢を忘れられないという理由は実に浅はかだよ。――出ていきなさい」

差し出された手にアンジェラは握っていた札束を乗せた。

「申しわけありませんでした」

最後にもう一度頭を下げ、この茶番劇に幕を下ろした。

☆★☆

アンジェラは重い足取りで病院への道を歩いていた。

町並みはクリスマス一色に染まっている。幸せそうな顔で道を行き交う人たちは萎《しお》れた顔をしているアンジェラに気づきもしない。まるで、世界から存在を抹消されたような疎外感と底知れぬ孤独があった。

軽くなった髪の隙間から入る風にぶるりと肩が震えた。

エリオット家を追い出されて、三日。さほど時間が経っていないようにも感じるし、もうずっと遠い昔の出来事のようにも感じられる。

アンジェラは今日も、エマの病室を訪ねる傍ら次の職探しをしていた。

だが、エリオット家で起こした事件はどこの屋敷にも伝わっていて、盗人のレッテルを貼られたアンジェラを雇ってくれる屋敷はなかった。どこへ行ってもアンジェラの顔を見るなり、門前払いで話も聞いてくれない。

このままでは父の保釈金を貯めるどころか、そのうち明日の食事にすらありつけなくなる。

それだけではない。来月分からのエマの治療費をどうやってねん出したらいいのか。

ベッド下に隠してあった金貨を貯めた瓶の中に、ギルバードから借りたお金も保管していた。だが、それも屋敷を出ていくときには無くなっていたのだ。

使用人たちが部屋の捜索をした時に気がつかなかったということは、それ以前に何者かが持ち去ったということ。その人物こそ、アンジェラに濡れ衣を着せた犯人かも知れない。

いったい、誰が。なんの目的の為に。

どうしてグレンダはアンジェラの部屋に指輪があることを知っていた？　なぜリアーナはあんな嘘をついたのだろう。

疑い出したらきりがない憶測に首を振る。今はそれよりもこれからのことの方が重大だ。途絶《とだ》えてしまった父からの手紙も気になる。

父になにかあったのかも知れないのに、今のアンジェラには父に会いに行く為の旅費すら作れずにいる。

愛人になることで父が残した借金は帳消しになるはずだった。だが、反古《ほご》になった今、借金は復活するのだろうか。しかもアンジェラは、愛人になる条件としてエマの治療費をギルバードから借りている。当然、その分も加算されて請求されるのだろう。

膨れ上がった莫大な借金をどうやって返済していけばいいというの。

メイドとしての道が閉ざされた今、いよいよ娼婦館の門を叩く時が来たのかも知れない。この期に及んで仕事を選んでいる余裕はない、なんとしてでもお金が必要なのだ。

もうアンジェラはなにも持っていない。

長かった髪も今、お金に換えた。ギルバードからもらったケープも売った。僅かだがこれを治療費に充《あ》てよう。

うだうだ考えている間に病院の前に着いてしまう。重い溜息を吐いて、扉を押し開けようとした時、病院から出てくるところだったハンチング帽を被った少年がサッと扉を開けてくれた。

「ありがとう」

「どういたしまして」

目深に帽子を被った少年に礼を言い、受付で事務員を呼ぶ。

「ごめんください、アンジェラ・レインです。あの、エマの治療費のことでご相談をしたいのです。実は少しだけ支払いを待っていただきたくて」

「あら、アンジェラ。治療費でしたら先ほど代理の方がいらして支払ってくださいましたよ」

顔を出した四十代くらいの女性の言葉に、「えっ」と首を傾げた。

「代理の方……?」

「えぇ、丁度アンジェラと入れ違いにハンチング帽を被った少年が今日までの分の治療費を。随分、利発そうな少年だったわね」

すぐさま扉を開けてくれた少年が思い浮かんだ。

アンジェラは弾けるように病院を飛び出し、通りへ出て少年の後ろ姿を探す。右方向に小さくだが帽子を被った少年が見えた。

「待って！　ねぇ、そこのあなたっ、待って!!」

少年の背中に呼びかけ、駆け寄る。

振り返った顔に、アンジェラは二度驚いた。

「ヤニスッ!?」

「ご無沙汰しております、アンジェラ様」

ニコリと笑った顔を、誰が見間違うだろう。彼は孤児院で知り合った少年ヤニスだった。

だが、あの頃とは随分様相が違う。きちんとした身なりは、良家の子供のようだ。彼の変貌ぶりに声を出せずにいると、「驚きましたか？」と言われた。

「え、えぇ……。なんだかとても立派になったわね」

「今はとある方の養子に入り、寄宿学校へ通わせてもらっています。昨日からクリスマス・シーズンでこちらへ戻ってきていたのです」

「まぁ、そうだったの！　それは素晴らしいわ、学校は楽しい？」

「はい！　アンジェラ様に教わった礼儀作法などのおかげで、なんとか馬鹿にされずにやっていけています。毎日覚えることばかりで眠るのがもったいないのです」

「ヤニスったら。でもあなたなら尚更そうかもしれないわね」

いつか彼に然《しか》るべき教育を受けさせたいと願っていた。きっとどこかの良心的な方がヤニスを見出し、後押しをしてくれたのだろう。

「本当によかったわ。どうしているのかずっと気になっていたの……。突然、いなくなってしまってごめんなさい。あの子たちはどうしているの？　みんな元気かしら」

再会したことが嬉しくて、つい矢継ぎ早に質問をしてしまう。

「アンジェラ様、よければどこかで座って話しませんか。僕に聞きたいことがあって追いかけてきてくれたのですよね」

問われて、今更ながら彼を追いかけてきた理由を思い出した。

そうだったと顔を赤くすると、ヤニスがクスクスと笑う。なんだか少し見ない間に、大人びた表情をするようになった。

ヤニスに連れられ公園のベンチに座った。ヤニスは露店でコーヒーを二つ買い、片方をアンジェラに差し出した。

「おいくらかしら？」

ポケットから銅貨を出そうとすると、「再会の記念です」となんともきざな台詞をくれた。

背伸びをする少年がおかしかったが、ここは彼の面子《メンツ》を立てることにした。

握らされたコーヒーは温かく、一口啜れば萎《しぼ》んでいた心がほっと息をついた。

しばらく無言でコーヒーを味わった後、ヤニスが口を開いた。

「アンジェラ様が孤児院に来なくなった後、ギルバード様が匿名で寄付をしてくださるようになりました」

「ギルバードが？」

「はい。はじめは貴族の気まぐれだと思っていました。チビたちはあなたが来なくなったことを寂しがっていましたが、僕たちくらいの年齢になれば、あなたになにがあったのかは外へ出れば風の噂くらいには耳に入ってきますから。あの方があなたの婚約者だったんですよね？　ですから、あなたと入れ替わるようにして寄付を始めた貴人の存在に、チビたちは遠くへ行ってしまったアンジェラ様からだと喜んでいたけれど、僕はその正体に思い至った。ギルバード様を訪ね、寄付を止めてくれるよう言いました。あなたを見限った薄情な男だと憎んでいたからです」

「ヤニス、そういう言い方はよくないわ」

「でも、本当のことです。僕がギルバード様ならなんとしてでもあなただけは助けました。侯爵の地位が無くなった途端、あなたを放り出すような男からの施しなど誰が受けるものか。僕たちに寄付をすることが罪滅ぼしだと思うな。僕は彼にそう言いました」

「まぁ……」

ヤニスのまっすぐな正義感がギルバードの行動を許せなかったのだ。ヤニスはじっとカップに入ったコーヒーの水面を見つめている。

「そうしたらギルバード様、僕に学校へ行くよう勧めたのです。〝思いだけではどうにもならないことがある、俺を恨むならまず力をつけろ。学を学び、人脈を作れ。そうして俺に立ち向かってこい〟。あの方はそう言いました。おかしいと思いませんか？　自分を恨む人間にわざわざ力を持たせようとするんですよ、普通ならあり得ないじゃないですか。でもあの方は、〝お前の思いは必ずアンジェラの力になるはずだ〟と言っていました。僕は……迷いましたがその言葉に従い、彼の姉夫婦である伯爵家の養子として引き取られました。将来は弁護士になりたいと思っています」

「ギルバードがそんなことを……」

「はい。あの方は今も毎月、多額の寄付を孤児院に送ってくれています。そのおかげで小さいですが学校ができました。職業訓練校も併設してくれました。アンジェラ様の思いをあの方が引き継ぎ、現実にしてくれたのです」

　聞かされたギルバードの一面。それはアンジェラが日記にしたためた、夢の一部だった。アンジェラは一度も彼に孤児院の話をしていない。もちろん、抱いていた夢の話もだ。

「ギルバード様は、エマさんがホプソン医師の病院へ入院していることもご存知です。屋敷を追い出されたあなたが困らないようにと、僕は養母から治療費の支払いを命ぜられました。それもギルバード様の指示です」

「ギルバードは、エマのことも知っていたの。それではじめに借りたお金の使い道も？」

「ご存知だと思います。――アンジェラ様はあの頃、ギルバード様のことをいけすかないとおっしゃっていましたが、本当にそうなのでしょうか。僕にはあの方があなたを愛《いと》おしく思っていることばかり伝わってきて仕方がないんです。二年前も本当はあなたを助けなかったのではなく、理由があって助けられなかったのではないですか」

　それは、エマに言われた言葉とよく似ていた。

「理由って、なに？　だってギルバードは」

震える声で問いかけると、ヤニスは悲しげに笑った。

「身分が低い為に逆らえないものがある、貴族社会にはそういうことがおありになるのでしょう。レイン侯爵が冤罪だと訴え続けているのなら、誰かが彼を陥れたと考えられませんか？　その人物は、男爵の地位では決して逆らえない力を持っている。僕、感じるんです。ギルバード様は二年前も今も、あなたを助けたいと思っているんだって」

「ヤニス……」

そんなはずはない。ギルバードはずっとアンジェラとお金での関係を続けていた。助けたいと思っている仕草など、一度だって……。

（……違う、助けてくれようとしていたわ）

アンジェラに窃盗の濡れ衣がかかった時、彼だけがアンジェラを庇ってくれた。自分の不利益も顧《かえり》みず、アンジェラとの間に起こったことを告白しようとしてくれた。

それだけではない。思い返してみれば再会してからの彼は訝しげな行動が多かった。その時は深くは考えなかったが、理不尽な点がいくつもあった。

お金を貸してほしいと頼んだ時、彼はなにも聞かず大金を出してくれた。アンジェラが見惚れていたケープをくれた。グレンダに贈る物だとばかり思ってたが、本当にそうだったのだろうか。アンジェラに触れる度にチップをくれた理由は？　彼の目に宿っていた焔の正体。夕刻の一時、一緒にお茶を飲んで過ごした時間の心地好さ。決まってジャスミン茶とタルトだったのも、本当は――。

ドクリ…と心臓が跳ねた。

すべてアンジェラの勝手な憶測だけれど、今はそれが見当違いの思い込みではないような気がしてならない。

あれが、ギルバードの心だった……？

呆然とすると、「冷えてきましたね」とヤニスが立ち上がった。

「アンジェラ様、コートも羽織らず十二月の外を歩いてはいけません。早く戻ってください。送りますよ」

「大丈夫よ、……すぐ近くだから」

「そうですか」

「ええ、お金。ありがとう、とても助かったわ」

「それはギルバード様に言ってあげてください。僕はおつかいをしただけです」

「そうだったわね」

はにかみ、アンジェラも立ち上がった。

「また会えるかしら」

「はい！　クリスマスは孤児院のみんなでパーティをする予定なんです。アンジェラ様もぜひいらしてください、きっとみな喜びます」

「そうね。伺えるといいわ」

「絶対ですよ！」

指切りをせがんだヤニスの手は、まだ少し小さかった。大人びていても、まだ子供なのだと思うと愛おしさがこみ上げてきた。

あの後、もう一度、病院へ戻ったがエマが風邪を引いているということで面会はできなかった。

『僕にはあの方があなたを愛おしく思っていることばかり伝わってきて仕方がないんです』

ヤニスの言葉がずっと耳に残っている。

本当に？

ギルバードはそんなふうに思ってくれていたの？

『二年前も本当はあなたを助けなかったのではなく、理由があって助けられなかったのではないですか』

ヤニスが言った推測が、ずっと頭の中を巡っている。

誰かが父を陥れた。でも、その誰かとは誰なの。

あの時、ギルバードは助けたいと願っていたという言葉は本当なのだろうか。

だってあの頃の彼は一度だって優しい言葉なんて、かけてくれなかった。

顔を合わせれば嫌味ばかりで、再会してからの彼は——。

(……ううん。ギルバードは、優しかった)

おつかいに出かけると聞いた彼はアンジェラを気遣う言葉をかけてくれた。口調は相変わらずでも、触れる手はいつだって優しかった。アンジェラを見る目に、あの頃感じた蔑みも呆れもなかった。アンジェラが気づけなかっただけで、彼はひとりの人として自分を見てくれていたんだ。

あの夜だって体を裂かれる痛みに泣くアンジェラに労わりの口づけを落とし、愛撫をもって苦痛を快楽へすり替えようとしてくれた。一晩中、アンジェラの名前を囁き続けていた声は聞いたこともないくらい切なく甘かった。

眠りの中で彼がなにか言っていた気がしたが、言葉の意味までは聞こえなかった。

男性と夜を共にしたことのないアンジェラは、彼はそうやって女性を抱くのだと思っていた。相手がアンジェラだからではなく、誰にでも同じことをしているのだと。

でも、ヤニスの言葉が真実なら、そこに彼の心があったのではないだろうか。

コバルトブルーの瞳にあったのは本当に欲情だけだった？

知らなかった彼の一面が、アンジェラを困惑させている。意地悪な顔の裏にあるもうひとつのギルバード・エリオットの姿を垣間見《かいまみ》た気がした。

真冬の風にぶるり…と体が震えた。

「寒い……」

薄暗いアパートの通路を上り、部屋の前にたどり着くと、扉の前に蹲《うずくま》る人影があった。

扉にもたれ俯くその人は、誰と尋ねなくても金色の髪が教えてくれた。

靴音に、ギルバードが顔を上げた。

「――アンジェラ」

アンジェラを見て、小さく笑った。悲しげに見えたのはきっと陰影のせいだ。

（どうしてここにいるの……っ）

待っていたと言わんばかりの姿に、胸がきゅっと苦しくなる。愛されているのかも知れないという淡い期待が、諦めたはずの恋心に容易く火をつけた。

けれど、それはいけないこと。すぐさま自分を律し、表情を取り繕った。

「あなたが来るような場所ではありません。――お帰りください」

冷たく言い放ち、鍵を差し込む。

「アンジェラ、戻ってこい」

立ち上がったギルバードがアンジェラの腕を摑んだ。冷たい手だ。

あぁ、彼はいつからここにいたのだろう。

再び会えた歓びに泣き出したいのに、彼に向けなければいけない言葉は心とは裏腹なもの。

「戻らなければいけない理由はありません。離してください」

「アンジェラ、どうしてあんな嘘をついた？　お前はなにも盗んじゃいない、お前が金庫の場所なんて知るわけないだろ。あの金は俺からもらったものだと言えば済んだ話だ」

「そんな簡単な話ではないことくらい、ギルバード様もおわかりになっているでしょう。グレンダやドーソン侯爵の機嫌を損ねては、折角手に入れた出世の道が途絶えてしまいますよ」

「そんなの、どうだっていい！」

「いいえ、大切なことです。あなたを愛しているグレンダなら、許してくれるとお思いになりましたか？　残念ですが、そのお考えは甘いとしか言えません。グレンダは私を嫌っています。元婚約者が愛人でいること知れば、彼女は決してそれを許しはしないでしょう」

「他人行儀な言い方はやめろ！　アンジェラ、俺を見ろっ」

よそよそしさを装うと、焦れたギルバードが肩を摑んでアンジェラを面と向かわせた。

そこでようやくアンジェラの異変に気づく。

「アンジェラ、ケープは？　それに……その髪。どうした、なんで切った⁉」

口を噤むと、「金か？」と震える声が問うた。

「俺がやったチップがあるだろ、エマにも金の心配はするなと言われていなかったか？　なんで使わない、そんなに俺が嫌か」

あぁ、そうだったのか。やはりあのチップはアンジェラの生活を助ける為にくれたものだったのか。

紐解かれていく彼の不器用な優しさに泣きそうになった。

「……ったの」

「え」

「無くなったの、盗られたの！　あなたに借りたエマの治療費も全部、あの日に盗られてないのよ！　もう私には売れるものなんてないっ。エマのお金はエマが働いて貯めたものだもの。使えるわけないわ！　でも生きていかなくちゃ、父様の保釈金もエマの治療費も作れない。だからっ！」

だから髪とケープを売るしかなかった。

直後、攫うようにギルバードに抱きしめられた。

深く胸の中に抱きしめられ、息が止まるほど強い腕の中に囲われる。アンジェラを襲う不幸から守るように深く、強く。

冷えきった体に、彼の温もりは温かかった。

「助けて、って言えよ。俺が必要だと言ってくれ」

そう言えたらどれだけ幸せだろう。この胸の中で縋って泣いてしまいたい。

もう辛い、助けてと叫びたかった。

「――言いません」

「アンジェラ！」

堪らないとギルバードが悲鳴を上げる。

彼の胸を押しやり、首を振った。

(ここは私が休んでいい場所じゃないもの)

なんのために嘘をついてまで屋敷を出てきたと思うの。全部ギルバードの未来を思ってのことなのに、こんなことをしたら水の泡じゃないか。

だからどうかお願い、未練など抱かせないで。

まだ覚えているから。体いっぱいにギルバードの温もりが残っているから、これ以上優しくしないで。手を差し伸べないで。

「私にあなたははじめから必要じゃない。二年前だってあなたは私たちを助けてくれなかった。父様が逮捕されたら私たちを見限ったじゃない。二度も同じ人から屈辱を受けたくない、惨めな思いを味わわせないでっ」

お願い、傷ついて。

「あなたも落ちぶれた元侯爵令嬢の横っ面を札束ではたき、高慢な小娘を屈服させたかっただけなのでしょう。逆転した立場はいかがだった？　見下す側はさぞ心地好かったでしょうね。だ…、だいたい、誰のせいでこんなことになったと思ってるのっ!?　あなたがあの夜、不用意に私を抱いてお金を渡したりするからこんなことになったんじゃない！」

みるみる強張る美貌に、アンジェラは冷たい目を向けた。腕の力が緩まるのを感じ、ドン…とギルバードを押しやる。彼は簡単に後ろへ数歩たたらを踏んだ。

どうか、二度と近づこうとは思わないで。

「お金なら体を売ってでも返します、だからもう来ないで」

言い捨て、部屋の中へ駆け込み鍵を閉めた。

「アンジェラ！　アンジェラッ!!　そんなこと許さないぞっ、絶対に駄目だっ!!」

一拍置いて、ギルバードが怒声を発しながら扉を叩き出した。

アンジェラは扉の前で蹲り、耳を塞ぐ。

(早く、早く帰って。もう来ないでっ!)

扉はしばらく揺れ続けたが、やがてピタリとやんだ。扉越しになにかを置く物音がして、足音が遠ざかっていく。完全に足音が聞こえなくなったのを確認して、そっと扉を開けた。

「あ……」

置かれていた白い巾着《きんちゃく》袋。恐る恐る中身を見ると、金貨が入っていた。

「馬鹿ね」

彼の優しさの形は、いつだってお金だ。

まるでアンジェラがそれしか望んでいないみたいじゃないか。

素っ気無いくせに、アンジェラの知らないところでばかり優しさを見せる人。そんな彼が愛おしくてならなかった。

☆★☆

屋敷へ戻ってきたギルバードは崩れ落ちるように長椅子に倒れ込んだ。片手で目を覆い、今しがた見たアンジェラの姿にクッと奥歯を噛みしめた。

(馬鹿野郎……っ)

なびく赤い髪が好きだった。とりわけ夕日を浴びて燃えるような赤色に輝く髪を見たくて、なにかと理由をつけてアンジェラを呼びつけた。彼女の中に見出した凛とした美しさに惹《ひ》かれて二年。ひと回りも年が違う少女にこれほど溺れるなんて自分でも思わなかった。

最悪の出会いをしてから、アンジェラは意固地なほどギルバードを拒んできた。高慢な侯爵令嬢、なんの苦労もなく生まれた家柄がいいというだけで人に傅かれることが許されている少女が語る言葉はどれも耳障りで、癪に障った。

政治の道具になるしかない身分のくせに。

この偏見は社交界で舞う令嬢すべてに抱いていたものだ。

せめてもう少し見栄えがよければ男心もくすぐられるのに、アンジェラの容姿はギルバードの好みの端にすら引っかからなかった。

彼女を見た時の感想は「謀《はか》ったな、父さん」だ。おおかた、レイン侯爵の話を断れなかったに決まっている。侯爵自身、もらい手のない娘が不憫だと思ったのだろう。でなければ、格下の男爵家へ嫁がせようとは思わないだろう。

深窓の令嬢などと呼ばれている娘は、よほどの美人かそうでないかのどちらか。アンジェラの場合、後者というわけだ。

仲間内からもアンジェラとの婚約には、羨望どころか同情をもらう始末だった。

どうせ子供を産ませるまでの辛抱だ。

自分にもアンジェラにもそう言い聞かせ、独身時代を謳歌《おうか》することに決めた。アンジェラの前でわざと彼女の友人を褒めたのも、少しは身なりに気を遣えと言うギルバードなりの忠告のつもりだった。

だが、なにを思ったのかアンジェラがとった行動は、黒縁の眼鏡で顔を隠すという荒業だった。垢抜《あかぬ》けない姿に輪をかけて野暮ったくなった姿には本気で呆れるしかなく、指摘する気も起きなかった。

なにを言っても泣かないアンジェラ。ギルバードに向ける視線はいつだって冷え冷えとしていて、毅然とした態度は一度として崩れることはなかった。そのくせ、父とはそれなりに談笑をする。ギルバードには決して見せない笑顔を向けている姿に苛々した。

(可愛くない女)

ひと回りも違う少女相手になにをむきになっているのだろうと、自分でも思っていた。顔を合わせれば毒を吐き、ダンスの最中には耳元で己惚れるなと釘を刺していた。ギルバード自身、令嬢から好まれる容姿をしている自覚があったから言えた台詞だ。

思い返しても、あの頃の自分は最低だった。

そんな日が半年ほど続くと、アンジェラはパタリと社交界に現れなくなった。

その頃、アンジェラが大公の嫡男が失くした人形をわざと隠したという噂が広まっていた。しばらくは無視していたアンジェラだったが、突然姿を見せなくなった。

(さすがに、堪《こた》えたか……)

ギルバードは彼女を非難こそしなかったが、擁護もしなかった。

婚約者という立場よりもまだ社交界での自分の立ち位置の方が大事だったからだ。格下の男爵家の息子など、この容姿がなければ社交界で相手にもされない。

成り上がりたい一心だった自分は、己の保身だけで精一杯だった。

その時には、確かに彼女を特別だと思う心が芽生えていたのに。

途端、火が消えたように夜会がつまらないものに思えた。どれだけ仲間たちと遊び明かしても、令嬢と愛の囁きを交わしても少しも心は躍らない。気がつけば、いるはずのないアンジェラの姿を探していた。どこにいても目立つ赤い髪が見つけられないことで、苛立ちはさらに募った。

アンジェラが孤児院へ通っているという話をレイン侯爵から聞いたのは、それからしばらく経った頃だ。

あの高慢な令嬢はなにを始めたというのか。

気にすることもないと思いつつ、足は自然と孤児院へ向いていた。そこで見たのは、弾けるような笑顔で子供たちと遊ぶアンジェラの姿だった。

夜会で着ているような豪奢なドレスではなく、飾りのないシンプルなドレスに前掛けをつけ、赤毛を片側で緩く編んだ装いで、子供たちと庭の中を駆け回っている。泥が跳ねようが、汚れた手で触れられようがアンジェラはおかまいなしだ。

アンジェラの顔には黒縁の眼鏡はない。もともとギルバードの嫌味に対抗するようにつけたものだ。本来の姿に戻り、庭で遊ぶ姿は年頃の少女そのままだった。

誰に謗られても毅然としていた少女に心惹かれ、眼前で輝く笑顔を見せている姿に完全に落ちた。

（なんだ、この気持ち）

鳴り止まない動悸《どうき》と、早鐘を打ち続ける心臓。熱でも出たのかと思うほど体中が熱かった。

その足でレイン侯爵を訪ね、アンジェラが孤児院へ通い始めた理由を尋ねた。

侯爵もなぜアンジェラが孤児院へ通い出したのかは知らないという。尋ねてものらりくらりとはぐらかされてばかりなのだと言われた。

それでも、孤児院へ通うようになりアンジェラは変わったとも言っていた。裁縫も勉強もこれまで以上に身を入れて取り組むようになったそうだ。厨房で料理長から簡単で腹持ちのいい料理もいくつか教えてもらっているとか。

「あの子とうまくやっていけそうか」

レイン侯爵の問いかけに、ギルバードは即答できなかった。芽生えたばかりの感情を悟られたくなくて曖昧に笑ってごまかせば、「……君も気の強い娘だと思っているだろうね。ただ、アンがああいう性格になったのは私のせいでもあるんだ」と悲しげに笑った。

聞かせてくれたのは、彼女が泣かない理由だった。

アンジェラの母は、彼女が五歳の時に他界していた。レイン侯爵は妻を失った悲しみを乗り越えられず、妻との約束を忘れて塞ぎ込んでいた。泣き暮らす侯爵を励ましたのは、幼いアンジェラだ。彼女は母と交わした約束を守り、打ちひしがれる父に毎日〝楽しいこと〟を見せに来たという。

自分が泣けば、父はさらに悲しむ。幼心にそう思ったのだろう。

悲しみの涙は一度だけ、その後は笑いなさい。

それがアンジェラの母が彼女に残した言葉だった。アンジェラが泣かなくなったのは、それからだという。

「いつの間にか、泣くことと敗北感を同義にしてしまったのかも知れない。私はあの子が泣いている姿を一度も見たことがないよ」

「侯爵はなぜ私を彼女の夫にと望んだのですか」

なぜそんな話をギルバードに聞かせたのか。

レイン侯爵は窓の外に目を遣り、言った。

「君ならあの子の心を溶かしてくれると思ったからだ。君の周りには不思議と人が集まる、人の心を摑むなにかを持っていると感じたのだ。ギルバード、君はこの結婚に違う見解を持っているようだが、私はねアンジェラが可愛くて仕方がないんだよ。あの子にはどうしても幸せになってほしいと願っているからこそ、君に娘を託そうと思った」

心を見透かされていたことに、思わず視線を伏せた。色眼鏡でしかアンジェラを見ていなかった自分を指摘されて、ひどく恥ずかしかった。

「親の欲目だが、アンジェラは心の優しい子だ。少しでいい、あの子へ向ける視線を変えてみてはくれないだろうか」

侯爵は立ち上がり、ギルバードの肩を強く握った。

「それに君は父上を越える才能があると私は思っている。どうだろう、君さえよければいずれ私の事業を引き継いでみないか」

この時、自分は見込まれて選ばれたことを初めて知った。レイン侯爵の人を見る目は確かだ。父にすら呆れられた息子を、レイン侯爵は望んでくれた。自分はずっと誰かに認めてほしかったのだと、気づかされた。

「あぁ、やっと私の娘が帰ってきたようだ。アンと顔を合わせるのも久しぶりだろう、お茶の相手をさせるからテラスで待っていてくれ」

窓から見えるアンジェラは孤児院で見たままの姿だった。その彼女を誇らしげに見つめる侯爵の横顔は眩しかった。

だから、父からレイン侯爵が横領の罪で逮捕されたことを聞いた時は信じられなかった。

父はすぐにアンジェラとの婚約を破棄し、レイン家との交流を一切断った。

「父さん、どうしてっ!?　侯爵が横領をする人間じゃないことくらい、わかっているでしょう！」

「――仕方がないのだ」

執務机に肘をつき、組んだ手に頭をつけて父が唸《うな》った。

「仕方がないって……っ。あなたは侯爵の懇意を仇《あだ》で返すおつもりですか！」

「仕方がないと言っているだろうっ！　情だけではどうにもならないことがあることは、お前とてわかるはずだっ」

「——誰かが糸を引いているんですね」

珍しい父の怒声に、ギルバードはそこにある父の無念を感じとった。

父も助けたいのだ。だが、それをすればエリオット家まで同じ末路をたどりかねない。多くの使用人や抱えた事業に携わる従業員たちを路頭に迷わすわけにはいかない。

それほどの力を持っている人物、ましてレイン侯爵家を陥れることのできる人物などそうそういない。レイン侯爵を目の敵にしている者、ギルバードの脳裏にはひとりの男が浮かんだ。

「ドーソン侯爵ですか」

「言うな」

「父さん！」

「これはレイン侯爵の意思でもあるんだ！　有事の際は、迷わずわが家から手を切れ、と言われていた。あの方はドーソンが手を出してくることを予見していたのだっ」

「でしたら、どうしてなにも手を打たなかったのですか!?　残された者たちは、アンジェラはどうなるのですっ!?」

「——なにもするな。それが私たちにできる最善のことだ」

「そんな馬鹿な話があるか！　アンジェラはまだ十五ですっ。どうやって生きていけとおっしゃるのですか」

「乳母にすべてを託してあるそうだ」

「他人任せですかっ!?　はっ、冗談じゃない！　父さん、俺はこの家を出てアンジェラは俺が守ります」

「どうやってだ。なんの力もないお前になにができる？　二人して路頭に迷うのが落ちだ」

「では、どうしろと！」

「大人になれ。守りたいものがあるのなら、それだけの力をつけろ。ドーソンに対抗できるだけの力だ。お前はあの方に見込まれた、お前ならできる。五年でのし上がれ。すべてはそれからだ」

そんなにも長く待っていられるか。

「……ッ、三年だ！　必ず三年でドーソンを追い詰めてやる!!」

売り言葉に買い言葉のような約束を交わし、ギルバードは荒々しく執務室を出た。

アンジェラがエリオット家の扉を叩いたのは、そのすぐ後だった。

『なにもするな』

父の命に、誰もが断腸《だんちょう》の思いでアンジェラを拒絶した。使用人の中には涙を浮かべながら耳を塞いだ者もいたという。

ギルバードは唇から血が出るほど悔しさを噛みしめ、カーテンの隙間から項垂れるアンジェラを見ていた。

（すまない、アンジェラ……ッ）

自分にもっと力があれば、もっと早くレイン侯爵の思いを知っていれば、少しは違っていたかも知れない。

小さな体が震えているのに、手を伸ばせない不甲斐《ふがい》なさがギルバードを責めた。

やがて迎えに来た乳母に連れられ、敷地から出ていく姿に何度も心の中で詫び続けた。

それから二年。ギルバードはアンジェラを救う為だけに力を蓄《たくわ》えてきた。

浮き名を流す一方で、積極的に父の事業に携わった。ドーソンが無視できないほどの力、すなわち財を築き上げることで彼の視界に入ろうとしたのだ。

それもこれも、レイン侯爵の冤罪を証明するため。

当時、ドーソンが推《お》し進めようとしていた土地開発に強く反発していた一派の筆頭がレイン侯爵だった。ドーソンの独特な語り口調は聞く者を魅了する力がある。侯爵という立場と上に立つ者が持つ貫禄と威厳に力のない貴族たちはたちまち傾倒していった。ドーソンは私腹を肥やすべく、以前から懸案事項に挙げられていた開発案に難癖をつけ、自らの領地に鉄道を走らせる新たな土地開発案を提示したのだ。それは民の暮らしの糧《かて》ともいえる農地を奪うことに他ならない。しかも、彼の事案で民たちが受ける恩恵は一時、長期的な目で見ればそれは雀の涙でしかなかった。領地の民の暮らしを守るべき貴族が、彼らの生活を脅かしてはいけない。レイン侯爵は彼の提示した開発案を真っ向から否定した。

だからこそ、ドーソンはレイン侯爵を排除した。

ドーソンが黒幕であることが明白なら、その証拠を押さえるまでだ。

その為にグレンダに近づいた。したくもない婚約に頷いたのはそれしかドーソンの懐に飛び込む術がなかったから。

その最中に飛び込んできた、アンジェラ解雇の知らせ。

宣言した期間を一年残しながらも、ギルバードはいちもにもなく手を差し伸べた。

レイン侯爵がわが家に作った借金などない。アンジェラを手元に置くために、ギルバードがついた嘘だ。借用書もそれらしいものを偽装したに過ぎない。

理由はなんでもよかった。これ以上、彼女が誰かに傷つけられない為なら、なんだってする。嫌われていることを承知で、アンジェラを専属のメイドにした。

自分には金しかないから、想いの代わりに金貨を渡していった。その度に悲しみに翳《かげ》る表情を見たくなくて、口づけることで目を背けた。

ますます嫌われていくことを感じながらも、傍にある愛しい存在に手を伸ばさずにはいられない。アンジェラを想い眠れない日々、いっそ本当の愛人にしてしまおうと扉に手を掛けた数は両手では足りない。

それでも、レイン侯爵への恩義があるから、ギリギリのところで踏み止まれていた。

だが、ドーソン家を会食に招いた夜。抑え込んでいたすべての箍《たが》が飛んだ。

目の前で頬を打たれてもなお、使用人としての態度を崩さないアンジェラに狂おしいほどの激情を覚えた。

（どうして彼女ばかり傷つかなくてはいけないんだっ）

あの子がなにをした、懸命に一日を生きているだけじゃないか。華やかなドレスを纏い社交界を謳歌《おうか》するかつての友人たちの後ろで、必死になって家族を救おうと足掻いている。

神はあとどれだけの試練をアンジェラに与えるおつもりなのか。

（もう十分だろう！）

泣いているかも知れないと思うと居ても立ってもられなかった。

そして、今までとは違う強い拒絶に理性は掻き消えた。一度触れてしまえば止まらないことはわかっていた。鎖を引きちぎった獣性は、欲望のままアンジェラを欲した。

抱いた体は力を込めれば、容易く折れてしまいそうなほど細い。甘い吐息に煽られなにも考えられなくなった。あの時のギルバードを支配していたのは、己自身を彼女の中へ埋め込み満たされること。焦がれ続けたものが手の中にあると知った、あの感動。体を繋げた瞬間、覚えた充足感。

果ててもなお、欲望はせり上がってくる。許しを乞うアンジェラが可哀想だと思う一方で、弱々しく縋りついてくる彼女が愛おしかった。

彼女の初めての男になれた幸福と、狭く柔らかい彼女の体に包まれた安堵に一生繋がっていてもかまわないと思った。

愛している。

心の底から湧き上がってきた言葉。

寝入ったアンジェラにだから告げられた想い。愛する権利がないから、夢の中にいる彼女に告げた。

『だいたい、誰のせいでこんなことになったと思ってるのっ⁉　あなたがあの夜、不用意に私を抱いてお金を渡したりするからこんなことになったんじゃない！』

（そうだ。全部俺のせいだ）

情事の後、ギルバードはひとり部屋へ戻り、金庫から札束を取り出した。これではまるでアンジェラが娼婦みたいだと思いながらも、ギルバードにはこの方法しか思い浮かばない。彼女が欲している唯一のものが、金だからだ。

だが、ギルバードのひとりよがりが、さらなる不幸をアンジェラにもたらす結果となったのだ。部屋を出た時、通路に残っていた僅かな甘い香りに、なぜもっと危機感を持てなかった。

（傷つけないと誓っただろうがっ）

なんの為にこの二年、生きてきた。

どうして土壇場でアンジェラに守られた。

なぜ、アンジェラは自分を庇ったりしたのだ。

（ははっ、……俺の言った言葉か）

初めて会ったあの夜、ギルバードはアンジェラに告げた。自分は侯爵の後ろ盾が欲しいから婚約に頷いた、と。

アンジェラはその思いを真に受け、ギルバードを庇ったのだ。

（馬鹿か、俺はっ！）

本当に守りたいものは家でも将来でもない。アンジェラだ。

自分にはなにもないと言った彼女の言葉が胸を刺す。そうさせた原因の一端は、間違いなくギルバードにあった。

このままでは本当に彼女は身を売ってしまう。

名も知らない輩たちがあの体を弄び、小銭を落としていくのかと思うだけで憤死《ふんし》しそうだ。

(そんなこと、させるものか)

はっきりと欲しいものが見えた今、今度こそ手に入れる。

体を起こし、机の上に一通の封書が置いてあることに気づいた。立ち上がり、手に取る。入っていた書面に目を通し、ようやく見えた活路にほくそ笑んだ。

すぐに呼び鈴を鳴らし、ヘルマンを呼んだ。

「ボード伯爵に使者を送ってくれ。融資の件は了承した、ただし条件つきだ。と」

「かしこまりました」

告げて、ギルバードはひとつの決意を宿す。

(今度こそアンジェラを守ってみせる)

だが、運命はまだアンジェラを苦しめ続ける。

三日後、ギルバードの許にエマが急死したとの知らせが入った。

☆★☆

病院から一報が入ったのは、クリスマスを二日後に控えた寒い朝のことだった。

エマの容体が急変した。

数日前から風邪をこじらせていたエマ。病院へ駆けつけた時、彼女はすでに息を引き取った後だった。こじらせた風邪が肺炎を引き起こし、弱っていた心臓が耐えられなかった、とホプソン医師が言った。

眠るように白いベッドに横たわるエマを呆然と見つめる。

震える足で近づき、ベッド脇に膝をついた。掛布の中から手を取り出し握りしめると、まだ血の通っていた時の温もりが残っている。

――もう息をしていないだなんて、信じられない。

腕を伸ばし、エマの頬を撫でた。なんて穏やかな表情で天に召されたの。

「エマ……、エマ」

呼びかけ、再び手を握る。

「起きてよ、エマ。嘘よね、ずっと傍にいると言ったじゃない。私が幸せな結婚をするまで見守ってくれるのでしょ……？　ねぇ、起きて。エマ、エマッ」

「アンジェラ」

ホプソン医師が肩を掴んだ。悲痛な声音はエマの魂がもうこの世にないことを教えていた。

（うそ……、嘘よっ。こんなことって――――っ!!）

利那、アンジェラの中でなにかが壊れた。

「いやぁぁぁ――っ！　エマ、エマァァァ……ッ。お願いだから目を開けて！　ひとりにしないでっ、死んじゃ嫌ぁぁぁ――っっ」

頬が熱い滴《しずく》で濡れた。止めどなく溢れる涙がポタポタと握りしめたエマの手の甲に落ちた。

「逝かないで……、お願い。エマ、エマ……」

アンジェラの咆哮と、啜り泣く声が病室に満ちる。

「アンジェラ、これ以上エマを引き留めてはいけない。逝かせてあげるんだ」

「嫌、嫌っ！　どこにも行かないって約束したの!!」

ぎゅうっと握りしめた手に額を押し当て、むずかる。離してしまえば、本当にエマが遠くへ行ってしまうようで怖かった。

「これは生きている限り避けられない運命なのだよ。誰しも必ず死を迎える、私たちにできることは彼女の死を悼《いた》み、冥福《めいふく》を祈ることだ。君はこの悲しみを乗り越え生きていかなければいけない、死の恐怖を知ることで命の尊さを知ることができる。それが限られた命を生きる活力になる。死に飲み込まれてはいけない。むずかっていてはエマも安心して眠れないだろう」

「先生……」

涙目でホプソン医師を見上げると、静かに頷かれた。

「それでも、今だけは彼女の為に泣いてあげなさい。命を惜しんでくれる者がいることは、幸福な人生だった証だ。エマにご家族はいるのか」

「――いいえ」

「そうか……。あとのことは君に託しても大丈夫か」

「はい、だい……じょうぶ、です」

アンジェラは涙の膜がかかった視界でエマを見つめ、頷いた。

誰よりも一番長い時間を共にしてきた。たくさんの喜びや、張り裂けそうな悲しみを共に味わってきた人。時には母のように叱ってくれ、甘えさせてくれた。エマがいなかったら今のアンジェラもなかっただろう。

一生をレイン家に捧げてくれた人だから、できるだけのことをしよう。

それが、エマにできる最後の孝行だ。


葬儀の日、今年初めての雪が降った。

キンと冷えた空気に棉帽子のような雪が深々と降り続く中、集まった参列者がエマの冥福を祈った。かつてレイン家に勤めていた者たちもエマの訃報を聞き葬儀に参列してくれた。

(エマ、あなたを慕ってくれていた人たちが、こんなにもたくさん来てくれたわよ)

真新しい墓標に刻まれたエマの名前を指でなぞる。

(死の恐怖を知ることで命の尊さを知る、か……)

では、死に飲み込まれた者はどうなるのだろう。

ぽっかりと心に穴が空いていた。大きな存在を失くした空虚が虚無感を誘う。

「なにもしてあげられなくて、ごめんなさい」

頼ってばかりで、なにも恩返しができなかった。果たして彼女は幸せだったのだろうか。病室のベッドの上で彼女はなにを感じていたのだろう、寂しい思いをさせていたのではないか……ああ、もっと顔を見せに行けばよかった。

目の前のことに囚われ、自分は大事なものを蔑ろにしていたのではないか。

灰色の空から降る雪のように、後悔だけが心に積もる。

墓標についた雪を払い、エマに語りかけた。

まだ教えてほしいことはたくさんあった。話したいことも共に見たい景色もあったのに。

どうして、こんなにも早く旅立ってしまったの。

参列者がいなくなっても、アンジェラはその場から動かなかった。いや、動けなかったのだ。

この先、自分はどうやって歩いていけばいいのだろう。

失った存在の大きさに、すべてがどうでもよく思えてくる。

ひとり残されるくらいなら、いっそ連れて行ってほしかった。父からの手紙もあれきりだ。

肉親との連絡も途絶えた今、アンジェラを蝕《むしば》むのはどうしようもないくらいの孤独だ。

口を開けた真っ黒な闇が、アンジェラが堕《お》ちてくるのを今か今かと待ち構えている。

母が死んだ時も悲しかった。だが、あの時はエマや父がいた。アンジェラが母の死を乗り越えられたのは、二人の存在があったからだ。しかし、エマは死に、父の安否もわからなくなった。心の風穴を補ってくれ続けた存在を失った喪失感が、アンジェラから生きる活力をそぎ取ってしまった。

(もうなにもしたくない)

このまま雪に埋もれてしまえば、エマの許へ逝けるだろうか。どうせ誰もアンジェラを待っていてくれる人はいない、すべてを失ったこの手に残ったものは、ひとつだけ。唯一残った命を手放すことに、なんの罪悪感も躊躇いも覚えなかった。

(このまま眠りたい)

深々と降る雪が蹲ったアンジェラを白く染める。体の体温を奪っていかれる感覚が心地好かった。

意識が白む世界に引き込まれかけた時、

「アンジェラ!!」

力強い声がアンジェラを呼び戻した。抱き起こされ、揺さぶられる。だが瞼は重く、目を開けることがひどく億劫だった。

「しっかりしろ、アンジェラッ!」

何度か頬を叩かれ、その度に名前を呼ばれた。

「……ルバード?」

消え入るほどの掠れ声に、ギルバードはクッと表情を歪めた。

「馬鹿野郎っ、こんなに冷たくなりやがって！」

呻き、羽織っていた外套《がいとう》でアンジェラの体を包んだ。横抱きに抱き上げ、足早に馬車へ乗り込む。

「ど……して、ここに」

「いいから、今は黙ってろ！」

激怒するも、声音には焦燥《しょうそう》が濃い。深くアンジェラを抱き込み、冷えきった頬に頬を寄せた。

「……温かい」

伝わる温もりに、自分がどれだけ冷えていたかを知った。ほうっと息を吐くと、また「馬鹿野郎」と詰《なじ》られる。大きな手で掌を包み込まれた。

ギルバードの指示で馬車が向かった先はアンジェラのアパートだった。アンジェラをソファに下ろすと、暖炉にくべる薪《まき》を探す。

「薪……切れてて、ない、の」

離れた温もりに、途端体は震えを感じてカタカタ…と震えた。

ギルバードはチッと舌を打つと一旦部屋を出ていった。ややして手に数本の薪を持って入ってくる。出所を目線で問えば、「隣から買った」と言われた。火を起こし、隣の部屋からベッドの毛布を持ってくると、再びアンジェラを抱き上げ、暖炉の前に座らせる。

「服、脱がすぞ」

アンジェラの返事を待たず、ワンピースの背中にある釦を外された。

「や……だ」

「濡れてるものを着せておくわけにはいかないだろ、おとなしくしろ」

抵抗をものともせず、手際よく服を脱がす。手慣れた手つきは関係してきた女性たちとの経験の為せる業《わざ》だと思うと悲しかった。

ギルバードはワンピースはおろか、下着まで脱がした上でアンジェラの体を毛布で包み込む。そうして後ろから抱え込むように足の間に座らせ抱きかかえた。

濡れた衣服を脱いだせいなのか、パチパチと火花を散らす暖炉の熱のおかげなのか、とても暖かい。

なにより抱きしめられている安堵感が、荒《すさ》んだ心を包んでくれた。

赤々と燃える暖炉の火をぼんやりと見つめた。ギルバードはなにも言わない。ただじっとアンジェラを抱きしめているだけだった。

だが、耳元で聞こえる彼の呼吸や、時折身じろぐ振動がひとりではない実感をくれた。孤独なのだと思った矢先にもたらされた温もりに心が揺れる。

(どうして来たの……?)

「アンジェラ……」

囁きがすとんと心に落ちた。

抱きしめていた手が頬を拭う。

（私、泣いて……る？）

ゆるりと振り仰ぐと、沈痛な面持ちをしたギルバードがいる。瞬きで、また一筋、涙が頬を伝った。

「ひとりに…なっちゃった……っ」

堪えきれず、寂しさが零れた。一度吐き出してしまえば、あとはなし崩しだった。

そんなアンジェラをギルバードが強く抱きしめる。

「レイン侯爵がいるだろう」

「で…でもっ、父様からの手紙、来なく……てっ。もしかしたら、父様っ、も」

「手紙が滞《とどこお》ってるのは雪のせいだ。あの方はそう簡単に諦めたりする人ではない」

「わ、わかんないわよ。エマだって突然、わた…っ、私の前から、いなくなったの、にっ」

しゃくり上げて、不安を吐露《とろ》する。弱みを吐き出している相手がギルバードだとわかっていても、止まらない。

大事なものを失った心が寂しいと泣いていた。

「俺がいるだろ」

アンジェラは一瞬止まり、ふるふると首を振った。

ぽっかりと心に空いた穴に沁み込んだ、慰め。すべてに目を瞑り、縋りついてしまいたい。

けれど、それはいけないことだ。

彼はもうすぐ婚約する人。今くれている温もりも労わりも、アンジェラが受けていいものではない。

「ど、どうして来たのっ。会いたくないって、来ないでって言ったのに」

「会いたかったから」

「――ッ」

「俺がお前に会いたかったから。こんなふうに泣いていると思ったら、会いたくて抱きしめてやりたくてたまらなかった」

思いがけない告白に、アンジェラは息を呑んだ。

間近にあるコバルトブルーの瞳に、見たことのない光がある。いつもの冗談ではない、なにか。伝わる空気に彼の本気を感じる。

逃げなければ、と本能が悟った。

「や……めて」

「俺を嫌いでいい」

「や……っ」

「慰めくらいにはなれるから、今だけでも俺が必要だと言えよ」

近づく美貌に首を竦める。熱い吐息が頬にかかった。

「ちが……う、そんなのいらない」

諦めると誓ったのに、彼はなにを言い出すの。

「お願い、やめて……。出ていって」

その言葉に縋ってしまう前に、どうかいなくなって。寄りかかってしまえば、きっと離れられなくなる。

ポロポロと涙を零しながら手でギルバードの唇を押し返す。指先に自嘲めいた彼の吐息が当たった。

「もういい。アンジェラ」

「ギルバード、……んっ」

なにがいいのという問いかけは、彼の唇で遮られた。後頭部を掴まれ、深く口づけられる。侵入してきた舌にびくりと肩が震えると、大丈夫だと背中を撫でられた。舌先が上顎をなぞる感触も、肉厚の舌で舌を搦め捕られることも、何度も味わってきたものなのに、与えられる度に緊張する。ギルバードは強張る体から力が抜けるまで口づけを続けた。

「ギル……バード」

長い口づけの後、アンジェラが涙声で訴える。

ここまでがアンジェラが来られる境界線だ。二度とこの先には進めない。愛しいからだけでは許されないことだ。

「駄目、駄目よ……」

小さな声で、懸命に伝える。縋りたい心と良心がせめぎ合う中で告げる懇願は、なんて力ないものなのだろう。

ギルバードは微笑し、優しい手つきでアンジェラの頬を撫でる。静かにラグを敷いた床へ倒された。

「俺のことだけ考えてろ。それだけでいいから」

そう言って、彼はアンジェラから視線を逸らすことなく、着ていた衣服を脱いだ。

現れた裸体は、息が止まるほど美しかった。

毛布に掛かった手に瞳を揺らすと、愛しげに目を細めたギルバードが額に口づけた。

「全部、俺のせいにしろ」

あぁ、なんて甘い免罪符だろう。

アンジェラの抱える罪悪感を丸ごと引き受けようとする彼の決意に、恋心を縛りつけていた良心が折れた。

包まっていた毛布が剝ぎ取られ、一糸纏わぬ姿が彼の眼前に晒《さら》される。暖炉が灯す赤に照らされた貧相な体が恥ずかしくて腕で胸を隠し、顔を横へ背けた。

「馬鹿だな」

ギルバードは胸を隠した手を解き、指先に口づける。

「可愛いよ」

聞いたことのない言葉に、また瞳が揺れた。目が合うと、慈しみを湛《たた》えた瞳が細められた。

腕を滑り落ちてきた唇が頬をなぞり、唇を掠めた。素肌に当たるギルバードの肌の感触に鼓動が跳ねる。

「あ……」

鼻先が当たるほど近くから見つめ合い、彼の目に映る自分を見つめた。

こんな時、どうすればいいの。

当惑を浮かべる顔はお世辞にも可愛いとは言えない。そばかすが乗った頬に、勝気な目元、鼻も口も美しい曲線を描いてはいない。泣きたいほどギルバードの好みとは遠い自分。

そんなものでも彼は慰めてくれるのかと思うと、泣きたくなる。

きっと今くれた言葉だって、アンジェラを慰めるためのお世辞に決まっている。

「ごめん……な、さい」

せめてグレンダの四分の一くらいの美しさがあればよかったのに。

惨めさに耐えきれず顔を覆うと、「だから馬鹿だって言うんだ」呻き、覆った手を押し開かれた。

「ふ……ぅ、うん！」

荒々しく口腔を蹂躙され、今しがた抱いた惨めさごと喰われた。

「……ぁ、んん」

首筋を滑り、鎖骨をなぞる唇。柔らかな金色の髪の感触がくすぐったい。

「あんっ！」

さわりと胸の膨らみを掌で包まれ、反射的に声が出た。恥ずかしくなるほど甘い声音にカッと体が羞恥で火照《ほて》る。慌てて唇を噛むと、伸び上がったギルバードにまた口づけられた。

「ちゃんと聞かせて」

「や……っ」

「アンジェラの感じてる声が聞きたい」

「あっ、あぁ……」

見つめられ、胸を愛撫される。捏ねるように揉みしだかれ、頂《いただき》にある薄桃色の蕾《つぼみ》を指の腹で摘まれ、擦られた。

「ひぁっ、あんっ」

彼に組み敷かれながら、細くて痛い刺激に何度も身をくねらす。

「わかるか、たったこれだけで俺がどんなに興奮してるか」

「あっ」

ぐっと下腹部に押しつけられたひときわ熱い塊《かたまり》、ギルバードがこの行為に興奮している証はすでに硬くそそりたっている。初めてアンジェラの体を開き、快感を打ち込んだ楔。刻まれた雄々しさを思い出し、ギュッと目を瞑った。

「本当、可愛いな」

大きな手で髪を撫でられ、彼は胸元に顔を寄せた。蕾を口に含み、舌先でそれを転がす。

「んんっ」

ちりちりとした刺激に、腰が疼く。もどかしさをごまかしたくてギルバードの髪に指を埋めて掻き混ぜた。覚えたての快感が目を覚まし蠢き始めるまでそう時間はかからなかった。

「ギルバード……っ」

胸を弄ぶ彼の頭を掻き抱き、快感を訴えた。ギルバードは髪に埋まった手を外し、口づけて宥めてから、さらに下へと下りていった。

「あ……うそ」

足を大きく割り開かれ、熱の籠った視線が秘部に注がれているのを感じた。

「いや、見ないで……」

自分でもそこが濡れているのを感じているからだ。口づけと愛撫だけで濡れてしまったことがひどく淫乱なことに思えて居たたまれない。目を瞑り顔を背けると、ギルバードがその部分へ指を宛がった。

くち…と蜜口に指先を入れられ、軽くこすられた。それだけで体の奥から新たな蜜が流れてきてしまう。零れた蜜を掬《すく》い取り、花芯へ擦りつける。また蜜を掬いに行った指が中を弄り、花芯へ流れる。やがて流動的になった指遣いは、アンジェラの興奮をいたずらに煽った。

「や……ぁ、ギルバードッ」

「なら、俺を見ろ」

おずおずと目を開ければ、ギルバードが濡れそぼった場所に唇を寄せる瞬間が飛び込んできた。

「あっ！　あぁ……っ」

指とは違う柔らかくて熱い舌が赤く熟《う》れた花芯を舐めた。

「ひぁ……あ、あっ」

鮮烈な刺激は強烈で、反射的に体が上へとずり上がる。が、足のつけ根に彼の二の腕が絡まり、腰を抱え込まれてしまえば、もう逃げられなかった。

「あ、あ……っ、あぁっ！」

彼の繰り出す舌遣いに、何度も腰が跳ねる。少しでも快感を緩めたくてギルバードの頭を押しやろうとするが、痺れた指先に力が入らない。そのうち聞こえ出す水音にますます羞恥と興奮が煽られる。

「はっ、あぁ……っ、やぁっ」

背中を弓なりにしならせ、すぎる快感をやり過ごそうと悶《もだ》えた。足の内側を走る微量の電流が生むむず痒さに、ギルバードの体へ内股をこすりつけた。それが更なる快感をねだる合図だとも知らず、強制的に与えられる快感に翻弄される。

ギルバードは視線を上げ小さくほくそ笑むと、再び指を蜜口へ宛がい、潜り込ませた。

「あぁっ!!」

内壁を擦られる刺激が、これまでにない快感をもたらした。先日の情事でアンジェラの感じる場所を覚えた指は、的確に気持ちいい場所に触れてくる。その度に腰が振れ、あられもない声が口を衝いた。

「ギ…ルバードッ！」

くぷ、くぷ…と指の抜き挿しと連動して聞こえる水音。ねじ込むようにもう一本増やされれば、圧迫感に息が詰まった。

「はぁぁ……っ、あぁ、だ…めぇ」

呼吸をしたいのに、単語にもならない音が喘ぎとなって口から零れる。

増えた指の分だけ、内壁を擦られる快感が強くなった。それだけでも辛いのに、花芯を吸われる刺激にアンジェラは涙を流し乱れた。音を立てて蜜を吸われる淫靡《いんび》さに何度も腰が振れた。恥ずかしいくせに、それが気持ちよくて止まらない。中を弄られる快感がたまらないのだ。もっとしてほしくて、アンジェラは涙を流しながら腰を揺らした。

「やぁっ、あん、あ……っ、はぁ、あっ！」

顎を反らし、強すぎる快楽に目を瞑る。乱舞する快感になにも考えられない。毛布を握りしめ与えられる歓びに翻弄された。目一杯足を広げさせられ、ギルバードの愛撫に溺れる快感。

「あ……、やぁっ！　なにかくる……っ」

アンジェラの気持ちいい場所を知る指が一点を執拗に擦る。抜き挿しする指がじゅぶじゅぶ…と卑猥な音を奏でる。絶頂へと追い上げる指使いに下肢が強張り、快感がせり上がってきた。

「だめ、や……っ、こわ…いっ！」

止められない衝動が駆け上がってくる。瞼の奥に見える快感への扉が開くまで、あと少し。

「あ……んんっ!!」

指が上壁を強く擦った次の瞬間、突き抜けた快感に体が強張った。腰が痙攣《けいれん》し、ギルバードの指を締めつける。脳天へ抜けた強烈な快感に震え、一瞬世界が白んだ。

くたり…と弛緩《しかん》した体がラグに落ちる。全速力で走らされた後に似た疲労感に、全身が悲鳴を上げていた。浅い息を繰り返し、体を起こしたギルバードをぼんやりと見つめていた。

手の甲で口元を拭う仕草は、獣のようだ。

暖炉の明かりに照らされた姿態は神々しいほど美しく、金色の髪から覗くコバルトブルーの瞳は最高に婀娜《あだ》めいて見えた。

こんなにも素敵な人に慰められている幸運に、涙が溢れた。なにより彼は、

（私の愛しい人……）

愛されていなくても、愛してる。

腕を伸ばせば、美しい獣が落ちてきた。彼のくれる重みがこんなにも愛おしい。

「あ……んんっ」

体が重なると同時に埋まった彼の欲望。ずず…と押し入ってきた質量に眉を寄せて耐えると、彼もまた苦しげな顔をした。

「痛い……の？」

「違う、最高に気持ちいい」

吐息のような告白をされ、しっとりと唇が重なる。密着するほど溢れてくる切なさに涙が零れた。

今だけでいい。慰めでもかまわないから、この人を自分のものにしたい。

「ん、んん……っ」

腰が当たるまで欲望を埋め込まれた充足感に胸がいっぱいになる。これ以上の幸福などないと思うほど、この瞬間が幸せだった。

「あ……」

ゆるりと腰を揺らされ、閉じていた瞼が震えた。目を開ければ、綺麗な瞳がアンジェラを見つめている。その中に灯る欲情の焔。

(よかった)

慰めの情事でも、彼もアンジェラで感じてくれていることが嬉しかった。

唇を離し、上体を起こした彼が律動を刻み始めた。

「あ……あんっ、あ……あっ」

内側から押し上げられる感覚は苦しいが、それ以上の快感がある。揺さぶられることがこんなにも気持ちいいものだと思わなかった。

突き上げられる痛みですら、与えてくれる人がギルバードならそれだけで切なく愛おしい。

「……てる」

こみ上げた想いが不意に口を衝いた。

吐息に紛れた告白にギルバードが目を見開いた。驚愕に満ちた美貌に、アンジェラは泣き笑って見せた。

「ごめんなさい……」

釣り合わなくても、あなたを愛している。

溢れる想いが喉を焼き、紡ぐはずの言葉を焼いた。零れる涙を両手で隠し、今言える唯一の言葉を何度も繰り返す。

「ごめんなさい、ごめん…なさい」

強くなりたかった、ずっとそうしなければいけないと思っていた。けれど、私はちっとも強くなかった。ひとりになるのが怖くて、あなたに縋っている。今更だと笑われても、あなたを愛しているの。

わかってる、あなたは決して私のものにはならない。たとえあなたが私を想ってくれていたとしても、あなたは違う女性を選んだ。だからお願い。どうか、あなたへ紡ぐ愛を許さないで……。

「愛……してる、の」

震えた声で、呟いた。

声にもならない小さな告白。

止んだ律動に恐る恐る手を退けた刹那、

「あぁぁ――っ!!」

激しい攻めたてに襲われた。二の腕を摑まれ、腰骨に響くほど強く楔を打ち込まれる。がくがくと揺らされ、アンジェラはあられもなく乱れた。

「あぁ、あっ、あぁ……っ！」

「アンジェラ、アンジェラ……ッ」

熱に浮かされたようにギルバードがアンジェラの名を呼ぶ。ぶつかる肌の音と、ふたりの息遣い、弾け散る蜜と、滴り落ちる汗がさらに興奮を煽った。

「あ……っ、ギル…バードッ」

「……くっ！」

絡めた手を互いに強く握りしめる。下肢を彼の腰に絡ませ、より深いところへギルバードを誘う。

ぼやけ始めた意識の中で、アンジェラが求めたのはギルバードただひとり。

「あぁ――っ！」

駆け上がった快感に打ち震え彼の欲望を締めつけた直後、ギルバードもまたアンジェラの中で欲望を爆《は》ぜさせた。

「あ……ぁ」

立て続けに味わった絶頂感から意識が降下する。体中の力が抜けると、そのまま意識をも手放した。

☆★☆

体を包む温もりに目が覚めた。

目の前にたくましい二の腕がある。

（私、どうして）

いつの間にベッドへ入ったのだろう。もぞり…と体を反転させれば、寝息を立てるギルバードがいた。彼がいつも使っているベッドに比べたらうんと狭く硬いのに、彼は心地好さげに眠っている。

（珍しい、熟睡してる）

何度も見てきた寝顔なのに、今日はとても気恥ずかしい。

（長い睫毛、ここも金色なのね）

無邪気な寝顔は幾分ギルバードを幼く見せる。隙間なく生える睫毛の長さにしみじみと見入り、指で彼の唇を押した。通った鼻梁《びりょう》も、薄い唇も、きめ細やかな肌もアンジェラにはないもの。どうすればここまで完璧な美貌を持って生まれてこられるのか不思議でたまらない。

自分はこんな素敵な人と体を繋げた。彼の言葉に甘え、この体に縋った。あの時間だけは彼が自分のものになったように思えた。だが、彼が婚約を控えている身であることは、違《たが》えようのない事実だ。

（今度こそ終わりにしなくちゃ）

これ以上、彼の人生を穢《けが》してはいけない。昨夜の思い出があれば、十分。どこか遠い所へ行って出直そう。

あれほど打ちひしがれた心は、もう目一杯ギルバードに慰めてもらえた。だから、きっとこれからも生きていける。この思い出がこれからの活力になる。

あちこちに残る情事の余韻を感じながら、そっとベッドを降りた。が、腰に力が入らず勢いよく床に転がってしまう。

「い……たぁ」

したたかに打ちつけた膝を摩っていると、背後からクックッと忍び笑う声が聞こえた。ハッと振り向けば、枕に顔を伏せたギルバードの肩が小さく揺れている。カッと頬が赤くなった。

「ひ、ひどいわっ。　起きてるなら声くらいかけてよ」

「かけたら、逃げ出さなかったか」

行動を見透かされていたことに、さらに顔が紅潮した。

ギルバードは気だるげに頬杖《ほおづえ》を突くと、アンジェラを見て嬉しそうに笑った。

「こっちに来いよ」

そう言って、再び伸びてきた手によってベッドの中へ引きずり込まれた。組み敷かれ、逃げ出せないようギルバードの重みで押さえつけられる。

「ギルバードっ!?」

「折角幸せな朝を味わってたんだから、もう少しこのままでいさせてくれ」

「幸せって」

「好きな女を抱いて眠れたんだ。これに幸せを感じなかったら、男じゃない」

「なんの話よっ。それに今、す……好き!?」

まだ慰めの夜は続いているのか。

あたふたすると、ギルバードは大きく息を吐き、アンジェラの胸に顔を埋めた。

「――お前、全然気づかなかったからな」

「やだっ、どこに顔を埋めて」

「あのさ、俺がこれから話すこと、怒ってもいいから、とにかく最後まで聞いてくれないか」

くぐもった声は、一転して緊張を孕んでいた。

「ど…うかしたの」

ころころと変わる彼の気配に狼狽えながら、彼の髪に触れる。びくっとギルバードが肩を震わせた。

「ギルバード?」

ひどく彼が緊張している様が伝わってくる。少しでもそれを和らげようと撫でるように髪を梳《す》いた。ギルバードはしばらくされるがままになっていたが、やがて重々しく口火を切った。

「俺は……レイン侯爵が冤罪であることを、知っていた」

「――え」

それは唐突な告白だった。

手を止めると、ギルバードが胸元から顔を上げる。

「知ってたって。……いつから」

ギルバードが苦しげに眉を寄せた。

「二年前からだ」

告げられた時期に絶句する。それでは父が逮捕された時にはもう、彼はそのことを知っていたというのか。

疑惑は彼の言葉で肯定された。

「アンジェがうちに助けを求めて来た時には、レイン侯爵が冤罪であることはわかっていた」

「な……っ、そんな。だったらどう…して。だって父様はそのせいで牢獄に入って……っ」

「アンジェラ、聞いてくれ！」

「いや、いやっ！　なにも聞きたくない!!　父様がどんな辛い目に遭って、極寒の地へ送られたか知ってるでしょうっ!?　それをあなたたちはなに食わぬ顔で見ていたのね！　よくもそんなひどいことが平気でできるわねっ」

「違う、俺だって救いたかった！　本当なんだ、アンジェラ！　頼む、聞いてくれ」

「いやっ、退いて！　離れてぇえっ!!」

「アンジェラ、頼む、頼む――っ。頼むから聞け！　好きなんだっ!!」

叫び、ギルバードが暴れるアンジェラに取り縋った。

「あの頃から、ずっとアンジェラが好きだった。本気で妻にしたいと思ってた。嘘じゃない、誓うよ！　俺にはアンジェラだけだっ」

「それがなにっ！　だから父を見限ったことに目を瞑れとでもいうわけっ⁉」

「落ち着けっ、そんなこと言ってないだろ！　――頼むから、聞いてくれよっ。あの時、俺たちにはなにもできなかった。いや、なにもするなと言われていたんだ」

「誰に！」

「レイン侯爵だ」

その名にアンジェラは絶句する。

ギルバードはアンジェラの抵抗が止まったのを確認すると、体を起こした。アンジェラも引き起こされ、向かい合う体勢になる。

「あの方は自分にドーソンの手が伸びることを悟っていた。その時は、レイン家にかかわらないように父に強く言っていたそうだ」

「それじゃ、父を陥れたのはドーソン侯爵なの」

眉間に深く刻まれた皺が彼の苦悩を物語っている。

「あぁ。俺が父からその話を聞いた時は、すべてが終わった後だった。どうにかしてやりたくても、あの当時の俺にはなんの力もなかった。それでなくても、一介の男爵家が侯爵家にたてつくことなどできるわけがない。返り討ちにされるのが関の山だ、指を咥《くわ》えているしかない俺に父は言ったよ。力をつけろ、と。それからの俺は、ドーソンが無視できないほどの力をつけることだけに心血を注いできた。冤罪を訴えたレイン侯爵とアンジェラ、お前を救うた……」

最後まで聞かず、アンジェラはギルバードの頬を打った。

綺麗に入った平手打ちに、打たれた彼の頬は見る間に赤くなっていく。

「――最後まで聞けって言っただろ」

はらりと落ちた金色の髪が、アンジェラから彼の表情を隠した。

「俺が馬鹿だったから、アンジェラにまでしなくていい苦労をさせたんだ。これでも死ぬほど後悔してるんだぜ、どうしてもっと早くお前を娶《めと》らなかったんだろうって」

己を笑う姿に、沸々と怒りがこみ上げてくる。

「あなた、私に殴られた理由が分かる？　やってることと言ってることが滅茶苦茶《めちゃくちゃ》じゃない！　父と私を救いたかった？　妻にしたい？　あなたがしようとしていることは、父を陥れた侯爵の娘と結婚することでしょう！」

「そうでもしなければ、ドーソンが黒幕だという証拠が手に入らないからだ！　証拠だ、それさえ手に入るのなら、俺はなんだってする。好きでもない女に偽りの愛くらい囁けるさ！」

叫び、彼は項垂れ片手で顔を覆った。

「どのみち、俺の想いはお前には届かない。散々、嫌われてきたからな。実は好きなんだと言ったところでレイン侯爵を救わなかった俺たちをお前は許しはしないだろう？　だから、せめてあの方の無実を証明し、アンジェラを助けてやりたかった。俺にできることはそれくらいしかないと思ってたんだ。――レイン侯爵の借金の話は嘘だ、お前を傍に置くためのでまかせだよ」

「なぜ」

アンジェラを傍に置けば、グレンダの不興を買うのはわかっていたはずだ。

「これ以上、俺の知らないところでアンジェラが苦労する姿を見ていたくなかった」

「――ひどい人」

「それでいいと思ってた。目の届く場所にさえいてくれれば、いつでも守ることができると思ったから。でも、傍に置けば欲しくてたまらなかった。口づけた後は、いつもその先を望んでた。俺なんかが触れていいはずないのに、大切にしたい分だけ壊してしまいたかった。そうすれば、ずっと俺のものになるだろ。でもそれじゃ駄目なんだよ。俺の身勝手な暴走がまたアンジェラを傷つけた。しかもお前は俺のためにつかなくていい嘘までついて、……たまらなかったよ」

「エマの治療費を立て替えてくれたのは贖罪のつもりだったの？　お金を持ってきたのも？あなたから離れた理由がわかっていたのなら、どうして……っ。あなたは勝手だわ、私の気持ちなんてどうでもいいのね」

「そうだよ、俺はこういう男だ。本当は自分が満たされたいだけなんだよ。昨日、抱いたのだって、慰めたかったからだけじゃない。欲しかったんだよ、猛烈に。今もそうだ」

言って、ギルバードがまっすぐアンジェラを見据えた。

「愛させてくれないか」

自分を嫌ってもいいと言った一方で、愛させてほしいと乞う男を、アンジェラは瞬きも忘れて見た。

二年前、アンジェラが現実に押し潰されそうになっているのを知りながら見て見ぬふりをした男。父を助けたいだとか、アンジェラを救いたいと言いながらも、本当は自分こそ救われたいと願っている男。その為なら、アンジェラの気持ちですら二の次なのだ。

冤罪の父にありもしない罪を被せ、アンジェラを手元へ呼び寄せた。彼のしたこととドーソン侯爵のしたことと、なにが違うのか。程度は違えども同じことじゃないか。

どちらもアンジェラを苦しめた。

なのに、彼はアンジェラに愛を乞うている。

愛させてほしいと言うのだ。

「――私のこと、好きなの？」

「愛してる」

「嘘よ、私は侯爵家の後ろ盾を得るための道具でしかなかったんでしょ。垢抜けない令嬢だと散々みんなの前で笑い者にしたじゃない」

「悪かった」

「孤児院に寄付していたのも、償《つぐな》いのつもりだった？」

「それもある。お前が大事にしていた場所を守りたかった」

「お前じゃない！　私にはアンジェラという名前があるわ」

「アンジェラ」

「いや、気安く呼ばないで！」

「どうしろって言うんだ……」

弱り顔になるギルバードをキッと睨みつけた。

「グレンダとの婚約はどうするのよ!?」

「婚約はしない」

「でもグレンダはあなたのこと」

「俺が愛してるのは、アンジェラだけだ」

言って、悲しげに笑う。捨てられた子犬のような情けない顔に心はどうしようもなく彼へと流れていった。

「――ずるい人っ」

「泣くなよ」

大きな手が涙で濡れる頬を拭った。

「可愛い顔が台無しだな」

「か、可愛くないって言ってたくせに！」

「可愛い、可愛いよ。アンジェラ」

寄せられた唇が瞼の上に口づけた。目尻、額、鼻先と口づけ、唇に触れる。

「頼む、俺を見てくれ」

「やだっ、だって……」

「頼むから」

懇願に次ぐ懇願にゆるゆると瞼を開ければ、慈しみを湛《たた》えた瞳とぶつかった。

「愛してる」

囁き、また口づけられた。抵抗がないことを確かめると、すぐにそれは深くなる。

「ん……」

頬を包む手にアンジェラがゆるゆると手を重ねる。

「本当に婚約はしないの……？」

「しないよ、アンジェラ以外欲しくない」

「嘘じゃない……のね、信じていいの？」

「誓うよ。俺はアンジェラだけを愛してる」

あぁ、なんてずるい男だろう。けれど、そんなギルバードが愛おしくて仕方がなかった。

胸が張り裂けそうな切なさでまた涙がこみ上げてくる。

もう受け入れてもいいんじゃないか。

彼の言葉にどんな魂胆も感じない。ただひたすらな愛情でアンジェラを欲してくれる。

自分たちを取り巻く環境はなにひとつ変わっていない。けれども、この激情の前でなんの
躊躇が必要なの。ギルバードはグレンダと婚約はしないと言った。その選択が彼にどういう

未来をもたらすかも承知の上で下した決断だというのなら、自分も彼が選んだ道を一緒に歩いていきたい。

きっとこの先、ギルバード以上に愛しい人なんて見つけられない。

滲んだ視界で必死に愛しい男を捉える。

（私の愛しい人……）

呟けば、心に広がるのは温かな幸福感だった。——うん、怖くない。

アンジェラは彼の形のいい唇に口づけ、初めて自分から舌を絡めた。ギルバードがそんなアンジェラを腕の中に閉じ込める。

ゆっくりとベッドへ倒されると、すでに漲《みなぎ》っている欲望を秘部へ宛がわれた。昨夜の情事の名残でぬかるむ場所へ、ゆっくりと入ってくる。

「あ……あぁ」

ぞくぞくと背筋を這う快感にのけぞった。すべて収められ、ほうっと息を吐くと、「大丈夫か」と前髪を撫でられた。

「うん」

始まった律動に呼吸が乱される。視線を合わせたままの行為は、それだけで欲情を煽られた。

快感に歪む美貌を見ていたい。

苦しげに眉を寄せるギルバードをアンジェラは食い入るように見ていた。

「あ、あ……っ」

近づいた唇を自ら求める。舌を絡め合う間も、外さない視線。きゅうきゅうと彼の欲望を締めつけ、いやらしい水音が聞こえるほど、蜜を滴らせて彼を求めた。

徐々にギルバードの表情から余裕が消えていく。浮き上がった汗が滴となってアンジェラの頬に落ちた。

だが、それはアンジェラも同じこと。

穿《うが》つ速度が加速し、夢中で彼の唇を貪った。口づけられながら揺さぶられる快感。胸の先が痛くなるほど体中がギルバードに感じている。

「ん、んん……っ」

口端から透明な筋が流れるのも厭《いと》わず、アンジェラたちは互いに高め合うことに夢中だった。

駆け上ってきた快感に先に目を瞑ったアンジェラが絶頂に震えると、彼もまた熱い飛沫でアンジェラの中を濡らした。

☆★☆

濃厚な朝を過ごした後、ギルバードはアンジェラをとある場所へ連れて行った。

正直、体中がだるくて起き上がりたくなかった。それでも、無理を押してここへ来たのは、やたらご機嫌なギルバードが投下したとんでもない爆弾に眠気が飛んでしまったからだ。

「そういえば、今日俺の婚約パーティなんだよな……」

アンジェラを後ろから抱き込み、握った手を弄びながらぼそりと呟けるあの神経は、いったいどうなっているのだろう。

「はぁっ!?　そういえばって、今日ってクリスマスっ!?　悠長にしてる場合じゃないでしょう!!」

「どうせ破談にするから、別にいい」

「あなたがよくても困る人たちだっているじゃない！　八つ当たりされるのは屋敷の使用人たちなのよ!!」

いくら父の冤罪を晴らす為だけに近づいたとはいえ、あまりにも無神経だ。

改めて自分がよければそれでいい、という彼の言葉を思い知らされた。

それから急き立てるように彼をベッドから追い出し、次ここへ来る時は身綺麗になってからにしてと言えば、

「なに言ってるんだ。アンジェラも来るに決まってるだろ」

と、強引に待たせていた馬車へ連れ込まれたのだ。

「ギルバード、ここって……」

すっかり呼び方も喋《しゃべ》り口調も昔に戻ったのは、彼がそれを望んだから。

ギルバードはひょいと肩を竦め、「俺の姉の嫁ぎ先。ロベルト伯爵邸」と言った。聞いた

名にアンジェラはきょとんとする。

「えっ？　確か私の紹介状を書いてくれたのも」

「俺の義兄さんだ。随分前にエマから手紙が来て、アンジェラが働きたいというから口を利いてくれないかと頼まれたんだ。それで義兄さんにそれなりの屋敷を紹介してくれるよう頼んだんだ」

「そうだったの。でも、なぜエマがあなたへ手紙を出すの？」

首を捻ると、ギルバードがある種明かしをしてくれた。

「アンジェラが散々エマの金だと言ってたものは、俺がエマに送金してたものだ。エマに言われなかったか？　金の心配ならいらないと」

「ええ、でもどうして？　それならなぜエマはそのことを話してくれなかったのかしら」

「俺が口止めを頼んでいたからだ。ふたりがムルティカーナを去った後も、俺は定期的にアンジェラたちの様子を見てきた。一年半前、エマが倒れたのを機に彼女宛てに援助金を送り始めたんだ。どうせアンジェラは俺からの金なんて受け取らないと思ったからな。エマとはその時から手紙での交流があったんだ」

「だからエマはあなたのこと悪く言わなかったのね」

『必ず素晴らしい方ですよ』

いつか聞いた言葉を思い出し、彼女の言葉が正しかったことを感じた。

「ヤニスを引き取ったというのも、あなたが口添えをしてくれたの？」

「そうか。アイツに会ったのか」

「ええ、この間偶然病院ですれ違ったの。その……ありがとう、エマの入院費を立て替えてくれて、お礼を言うのがまだだったわね」

思い出した善意に感謝を告げると、繋いだ手にキュッと力が込められた。

「気にするな、俺は金くらいしか出してやれないんだ」

そう言った彼は、とても綺麗な微笑をくれた。

心なしかギルバードの纏う気配が変わった。アンジェラに対する口調が柔らかい、見つめる眼差しもやたら甘い気がする。

心を通わせ体を繋げると、こんなにも甘くなる男なのか。どうしよう、ドキドキが止まらない。

屋敷の応接間に案内されると、しばらくしてロベルト伯爵夫人がやってきた。ギルバードの姉というだけあって、その容姿は目を瞠るほどの迫力美人。ギルバードと同じ金色の髪と、コバルトブルーの瞳。彼を女装させたらこんな感じなのだろうという造形に、おのずと目がいってしまうくらい豊かな胸元。

(すごい美人……)

これほどの美貌だ、社交界でもさぞ注目されたことだろう。彼女の美貌の前になら、一国の王も跪いたかも知れない。

アンジェラが社交界にデビューした時は、すでにロベルト伯爵の許に嫁ぎ彼の領地で暮らしていたため、彼女とはこれが初対面になる。

「姉のジャンヌだ」

　ギルバードの紹介に姿勢を正して立ち上がる。が、そんなアンジェラを横目に、ジャンヌは入ってくるなりその隣で寛いでいたギルバードの後頭部目がけて扇が折れるほど思いきりよく振り抜いた。

　再会の挨拶には過激すぎる洗礼に度肝を抜かれる。絶句するアンジェラの隣ではギルバードが頭を押さえて悶えた。

「いってぇ！　いきなりなにするんですかっ!!」

「あんたがノロマのクズだから、その頭になにが入ってるのか確認してあげただけじゃない。よかったわ、カラカラ鳴らなくて」

「鳴ってたまるか！　ったく、そんながさつでいいんですか。そのうち義兄さんに愛想つかされますよ！」

「あら、大丈夫よ。あの人、私にぞっこんだから」

「どこが！　誰が見ても押しかけ女房だったでしょうっ。姉さんの迫力に伯爵が押し切られただけじゃないですかっ」

「今がよければそれでいいのよ」

　――なるほど、自分主体の思考はどうやら遺伝らしい。

「……それで。頼んだものは準備してくれたんですか」

ギルバードも姉には敵《かな》わないらしく、ぶすくれた顔でソファに体を埋めた。ジャンヌは目が眩《くら》むほど蠱惑《こわく》的な微笑でそんな弟を流し見て、そのまま視線をアンジェラに向けた。ゾクリ…と鳥肌が立つほどの造形に見据えられて、一瞬体が強張る。蛇に睨まれた時の蛙はきっとこんな気持ちだったに違いない。

ギルバードの視線も迫力だが、彼女のそれは格が違う。己の美を知り尽くしているかのような仕草は見る者すべての目を奪い、微笑みひとつで服従させてしまう。思わずその場に跪きそうになると、グイッと腕を引かれソファに座らされた。ジャンヌも隣に座り、膝がくっつくほど体を密着させてアンジェラの両手を取り握りしめた。

「あぁ、アンジェラ！　長い間、なにもできなかった私を許して。この愚弟がろくでなしでポンコツだったばかりに、しなくてもいい苦労をさせてしまったわ。手もこんなに荒れて……、あぁ、可哀想に。ちょっと、ギル！　あなたハンドクリームくらい買ってあげなさいよ、どこまでも気の利かない男ね。――辛かったでしょう、アン」

言って、ジャンヌが包んだ手に息を吹きかけ、口づけた。絶世の美女からの口づけにあたふたとしてしまうのは、きっとアンジェラだけではないはず。

「あ、あの！　ロベルト伯爵夫人っ」

「ジャンヌと呼んで」

「ジャンヌ様、あの」

「お姉様の方がいいわ」

「あの、お…お姉様。だい…丈夫ですから。これは私が好きでしてきたことですもの」

手のあかぎれくらい、なんてことはない。

笑うと、ジャンヌはみるみる美貌を悲しみに染めた。

「あぁっ、一途で健気なのね！　こんな子を二年も放置しておいただなんて、やっぱりあの時、私がドーソンとやり合ってでも奪っておけば！」

「だから、それはやめてくださいと散々頼んだでしょう！」

「あなたが泣いて土下座するからじゃない」

「泣いて、土下座……」

不遜な彼からは想像もできない単語に目を丸くすると、ギルバードはプイッと顔を背けた。その耳先はうっすらと赤い。

「でも、もう大丈夫よ！　今度こそ、私が守ってあげるっ。いざとなったらあの老いぼれの一物《いちもつ》をヒールで踏み潰してやるわ。心配しないで、夫も承知してくれているから」

「承知させたの間違いでしょう……」

ぼそりと呟き、ギルバードがアンジェラの肩を抱き込み、自分の方へと引き寄せた。

「あと、なに勝手に人のもんに触ってるんですか。いくら姉さんでもベタベタしすぎです！」

「いいじゃない、ちょっとくらい。小さい男はこれだから……。それに、誰も取って食おうなんて言ってないでしょ」

「食いかねない勢いを見せてるのは、誰ですか！　そういうことは義兄さんにでもしてやってください。それこそ泣いて喜びますよ」

「毎晩してあげてるわよ。言ったでしょ、あの人は私に〝ぞっこん〟だって」

秘められた意味をようやく悟って、アンジェラはカッと顔が熱くなった。

(ぞっこんって、そういう意味だったのね)

言葉の例えなのかと思っていたが、まさか夫婦の営みのことを言っていたとは思いもしなかったアンジェラはひとり赤面する。それを見て、ジャンヌが目を輝かせた。

「なんて可愛いのっ。家に置いておきたいわ！」

「だから、やめてください。アンは俺と暮らすんです。姉さんのところに置いておいたら、本気で貞操の危険を感じる」

「いやね、私にだってそれくらいの分別はあるのよ。少なくともあなたみたいに先走ってがっついたりはしないわ。これだからケダモノは嫌よねぇ」

「誰がケダモノですか」

「アンからあなたの香水の匂いがするわよ」

指摘され、アンジェラはギョッとした。つまりジャンヌにはアンジェラたちになにがあったのかお見通しだったというわけだ。それこそ耳の先まで真っ赤にして、全力でギルバードを押しやる。

「は、離れてっ！」

「嫌だ」

慌てふためくアンジェラを抱き込み、ギルバードが不遜な顔でジャンヌを見る。

「俺のものになったんだから、俺の匂いがして当然です」

「そういうことは全部片付いてから言いなさい。今頃、ヘルマンが大汗かいてるわよ」

「だから、ここに来たんじゃないですか。お願いです、アンをとびきり最高の令嬢に戻してやってください」

「ギルバード、令嬢にって。私にはもう爵位がないのよ」

侯爵位は父が北の地へ収監されると同時に王家に返上させられた。振り仰ぎ目を瞬かせると、チュッと鼻先に口づけられた。

「きゃっ」

「いいから、行ってこい」

腕を解き、ギルバードが背中を押した。

「決戦にはそれなりの武装が必要だろ」

意味深な言葉に見送られ、アンジェラはジャンヌと共に衣装部屋に向かった。

【第四章】

ギルバードたちを乗せた馬車がエリオット邸に到着すると、メイド頭が二人を出迎えていた。

「お帰りなさいませ。ギルバード様、アンジェラ様」

「あ、あの……。私は」

「お待ちしておりました」

すっかり令嬢の装いなったアンジェラに、メイド頭が頭を下げる。が、ついこの間まで共に働いていた仲間であり、アンジェラにとっては厳しい上司だ。すぐには気持ちを切り替えられずにいると、「行こう」とギルバードに手を引かれた。

ジャンヌがアンジェラの為にと用意したのは絹地のデイ・ドレス。さほど広がりの大きくないスカートは裾の部分が切り返しになっていて、施された刺繍がアクセントになっている。その上に羽織らされたのは目の覚めるようなスカイブルーのケープ。

切りっぱなしだった髪も綺麗に切り揃えられ、結《ゆ》い上げられた。仄かに化粧をされピンク色のリップを塗られれば、令嬢だったあの頃のアンジェラが出来上がる。

不思議とドレスを身に纏った瞬間から、体の中に一本芯が通った感覚があった。自然と伸びた背筋と衣装に気負わない姿勢は、令嬢として生きた十五年の歳月が体に染みついているからだろう。

「綺麗だ」

衣装部屋から戻ってきたアンジェラに、同じく着替えを済ませたギルバードが言った。

「……いつも馬鹿にしていたくせに」

口を尖らせれば、その唇に触れるだけの口づけをされる。

「あれは……、ごめん。俺が悪かった」

素直に自分の非を認めるギルバードに、二年前のいけすかない男の影はない。今見えているのはアンジェラを愛おしげに見つめる蒼色の眼差しだ。優しくされると、彼の娟麗《けんれい》さがやたら際立ち、胸がときめいてしまう。

「変……じゃない？　あなたの隣に並んでもいいの」

「当然。おいで、アンジェラ」

ギルバードが差し伸べた手に恐る恐る手を携える。振り払われることなく握られた強さに、ホッと安堵した。

が、その手はロベルト伯爵邸を出てエリオット邸へ到着した今も繋がれたまま。

「ギ、ギルバード。そろそろ手を離して」

馬車の中でも離れることのなかった手に、廊下をすれ違う使用人たちの視線が集まっている。なのに、ギルバードは気恥ずかしさを見せるどころか「駄目だ」と一蹴した。

「離したら、逃げられる」

「逃げません」

「どうだか。だから駄目」

なんだか子供を相手にしているみたいだ。アンジェラとて、なにも考えずこの屋敷に来ているわけではない。

婚約を破棄する。彼の想いに心動かされたからこそ、グレンダと対峙する覚悟もついたのだ。

どんな誇りを受けるだろう、きっと思いつく限りの罵声を浴びせられるに違いない。それでも、アンジェラはかまわないと思っている。

どんな結末になろうと、彼についていく。それがアンジェラの決意だ。

ギルバードはアンジェラと連れ立って、応接間の前に立った。

「ギルバードです」

声をかけると、内側から扉が開いた。

「お待ちしておりました、ギルバード様。ようこそお戻りくださいました、アンジェラ様」

頭を下げたヘルマンの肩越しにはドーソン侯爵、その隣にいたグレンダはギルバードの姿を見るなり、立ち上がり駆け寄ってきた。

「ギルバード様！　どちらへ出かけられたのかと……、アンジェラ？」

彼女にとっては待ちに待ったギルバードとの婚約パーティだ。装いはいつも以上に華やかで美しい。が、ギルバードの隣にいるアンジェラを見るなり、高揚していた表情をみるみる剣呑にさせた。

「どういうことですの、ギルバード様」

アンジェラのいでたちを一瞥し、低くした声音でギルバードに問う。

「アンジェラ」

繋いだ手を引き、ギルバードがアンジェラを傍に寄せた。応接間に集まっていたのはドーソン侯爵と向かい合って座るエリオット男爵。彼の隣には見慣れぬ紳士がいた。

「ドーソン侯爵、先日は失礼しました。父さん、お久しぶりです、お加減はいかがですか」

「うむ、まずまずだ」

「叔父さんもご無沙汰しております。本日は私の我が儘でお呼びたてしてしまい、申しわけありませんでした」

「随分とかしこまっているじゃないか」

叔父と呼ばれた彼は、改まったギルバードをさっそく茶化した。

ギルバードはそれを苦笑ひとつで受け流し、アンジェラを見下ろす。そうして口を開いた。

「本日はみな様にご報告があります」

「待て。その前に、誰が君にこの屋敷の敷居を跨《また》ぐことを許したのかね。今日がなんの日かはわかっているだろう、無神経にもほどがあるぞ。出ていきたまえ」

ギルバードの声を遮り、ドーソン侯爵がアンジェラを視線で指した。

先日、盗人として解雇されたばかりのアンジェラだ。濡れ衣とはいえ、それを知らない彼の言い分はもっともで、刺さる視線の鋭さに居たたまれなくなった。

「アンジェラ」

すぐに繋いだ手を握られ、励まされる。顔を上げると、ギルバードが大丈夫だと頷いた。

「私、ギルバード・エリオットは本日を持ちまして、エリオット家当主代行を辞任し、一切の相続を放棄した上で、この家を出ることをここに報告させていただきます。今後のことは私の叔父である彼に一任してあります」

高々に宣言したギルバードの一声に、場が水を打ったように静まり返った。突然の相続放棄宣言に固まるアンジェラをよそに、ギルバードはさらに言葉を続ける。

「私は、アンジェラ・レインと結婚します」

――こんなことが現実にあるのだろうか。

てっきりグレンダとの婚約破棄を申し出に来たとばかり思っていたアンジェラは、突然の相続放棄と自分との結婚を宣言したギルバードを瞬きも忘れて凝視した。

(でも、それではギルバードは貴族にはならないということなの?)

あれほど社交界での地位を望んでいた人が、どうして。

「ギルバード……」

震える声で呼びかける。

「これが俺の出した答えだ。言っただろ? すべてを捨てでも、俺はアンジェラが欲しい。――いいよな?」

頷かなくとも、答えなどとうにわかっているくせに。こみ上げる歓びに打ち震えると、ギルバードがアンジェラの額に口づけた。

それを見ていたエリオット男爵は呆れ顔になり、叔父がひやかしの口笛を鳴らす。ドーソン侯爵は眉を顰め、

「な――っ！　なんですって!?」

グレンダは激昂《げっこう》した。

「あ、あなたは今宵、私と婚約をするのですよ！　それをどうして……っ、なぜこんな盗人と！　ご説明してください!!」

悲鳴に近い金切り声でがなるグレンダは、今にもアンジェラにとびかからんとする勢いだ。

「グレンダ様、ドーソン侯爵は〝次期エリオット家当主との婚約〟を望まれています。つまり、それは私でなくてもいいということなのですよ」

「それは屁理屈《へりくつ》というものです！　次期当主はギルバード様だと誰もが思っているじゃない！」

「そうですね、ですが私は一度もそれに頷いたことはありません。この座に就いていたのはその方がやりやすいことがあったからです」

「どういうことですの！」

「あなたも令嬢なら貴族社会がどういうものかご存知のはずだ。この世界、権力と金があれば人をも殺せる。重要なのは家同士の繋がりであり互いの利益、色恋など二の次です。ドー

ソン侯爵はあなたの恋心を後押ししたわけではありません。彼の目的はあくまで政治的なこと。この家が築いた豊富な財です」

「それがどうしたというの！　あなたも侯爵家の後ろ盾欲しさに婚約を承諾されたのではないの!?」

まくし立てる声に、ギルバードが冷笑を零す。

「いいえ。私が欲していたのは、あなたでも後ろ盾でもありません。証拠です」

「証拠……？　いったい、なんの」

その問いには答えず、ギルバードはゆるりと視線をドーソン侯爵へ向けた。

「覚えておいでですか。二年前、あなたはレイン侯爵にありもしない横領の罪を被せ、貴族社会から追放した。あらかじめ裁判官を買収していたあなたは予定通り、レイン侯爵を極寒の地へ強制収監させることに成功しました」

「記憶にないな」

「実に都合のいい脳をお持ちですね。そうおっしゃると思いましたので、この件に関する証拠と思《おぼ》しき書類を揃えさせていただきました。ですが、どれも証拠能力としては弱いものばかりだ。これではあなたがレイン侯爵を陥れたという確固たる物証には成り得ない。あなたは実に狡猾《こうかつ》にあの方を嵌めた。その手腕は感嘆に値します」

「なるほど、そこまでレイン侯爵に肩入れしていたとはな。それが娘に近づいた真の理由だったのか。ならば当時、その娘との婚約を煙たがっていたのは演技だったのか？　随分迫真に迫っていたように見えたのだがな。いいかね、ギルバード。己惚れるのも大概《たいがい》にしたまえ。甘い蜜に群がりたがる虫は大勢いたのだ。君を選んだのは、君だけが初めから他の虫どもとは目つきが違っていたからにすぎん。これまでは君の魂胆を見極めるためにわざと泳がせてやっていただけだ。成り上がりの野心家風情にしては、なかなかにして姑息《こそく》な男だ。実に面白い。——だが、なにも出てはこなかっただろう？　当然だ、私は潔白だからな。君はとんだ骨折り損をしたものだな」

ギルバードの努力を一笑に付し、侯爵がせせら笑う。だが、ギルバードは向けられた嘲笑に臆することはなかった。愉悦とも取れる微笑を湛え、告げた。

「あなたが証拠を残していないことくらい承知の上です。ですが、あなたに遣われた者たちはどうでしょう？　ひとりくらいあなたに追従するふりをしながら、証拠を隠し持っていた者がいたとは思いませんか」

「ほう、面白い発想だな」

細い目をさらに細め、ドーソン侯爵が声色を変えた。

「あなたの腰巾着《こしぎんちゃく》と揶揄《やゆ》されるボード伯爵、彼は呆れるほど姑息で金と女に強欲な方ですね。テーブルから溢れるほどの金を積んだ途端隠し持っていた証拠をあっさりと渡してくれましたよ」

聞き覚えのある名に、アンジェラは目を丸くする。ギルバードがボード伯爵とかかわりを持っていたなんて初耳だ。

「さて、なんの証拠なのか。――それで、君はそれをどうするつもりかね？　今度は君が私を陥れてみるか」

クックツと肩を揺らす侯爵に焦りはない。彼には貶められるはずがないという絶対的な自信があるのだ。

「いいえ、私はあなたと同じ穴の貉《むじな》にはなりません」

面白げな声に、ギルバードが愉悦を消した眼光でドーソン侯爵を射貫《いぬ》いた。

「どうするつもりだ」

「あなたを告発します」

凛とした声が、部屋に木霊した。

「私は君を買い被りすぎていたようだね。そこまで愚かな男だったとは、……残念だよ」

「ありがとうございます。私はあなたのお眼鏡に適《かな》わなかった幸運に感謝していますよ」

皮肉を微笑でかわしながらも、その目は本気であることを伝えている。侯爵の眉間に僅かだか皺が入った。初めて見せた不快の色は、なにか思い当たる節があるからなのか。

「お、お待ちなさい！　あなた、男爵家の分際で侯爵家を告発しようだなんて、なんという無礼な！　いったい、お父様がなにをなさったというの！」

「グレンダ様、あなたは何度も侯爵に窘《たしな》められながらまだその悪い癖にお気づきになっていらっしゃらない。それとも人の話に割って入るのもレディのたしなみなのでしょうか。お望みならそのお口を黙らせて差し上げてもかまいませんが」

コバルトブルーの瞳を眇め、グレンダを射貫いた眼光の鋭さに、グレンダがたじろいだ。

「ヘルマン」

「はい」

ヘルマンが動き、扉を開ける。メイド頭に付き添われ、震えながら立っていたのはリアーナだった。グレンダの目尻がひくりと揺れる。

「リアーナ、説明なさい」

「は、はい……。じ、じじじ実は嘘だったんです。ア、アンジェラはゆ……指輪を盗んではいません」

消え入りそうな声は可哀想なほど震えていた。

「あれは、わ…私が、私が置きました！」

告白にアンジェラは信じられないとリアーナを見つめた。

「どうして……、なぜあなたがそんなことを」

「ごめんなさい……、弟が病気だなんて嘘なのっ。本当は恋人に貢ぐお金を用立てに行っていたの！　彼、賭博《とばく》で借金があって、どうしてもその日にお金が必要だった。いつもはこっそり屋敷の備品を持ち出し、お金に換えていたけれど。でも、どうしてもあの日は外に出られる雰囲気じゃなくて……。そんな時、あなたがおつかいに出ると聞いて代わってもらったの。あの時は、本当にそれだけのつもりだった！　でも、でもっ、アンジェラがいけないのよ！　私に金貨をくれたりしたから!!」

とんだとばっちりにアンジェラは唖然となった。それは完全に八つ当たりだった。

「彼、それに味を占めて、あなたのことを知りたがったわ！　アンジェラが元令嬢だと教えたら、もっと金を持っているはずだからくすねてこいって。でなければ私とは別れると言ったの！　私だって、本当はあんなことしたくなかった！　けれど、あなたの部屋には金貨や紙幣で詰まった瓶が隠してあって。——出来心だったのよ、私には彼しかいないの！　捨てられたくなかったんだものっ。私、知ってたの！　偶然見たのよ、あなたと若旦那様が親しげに洋装店の前で話しているところ。だからきっとあのお金も若旦那様からもらったものだと思って。……悔しかったっ、私はこんなにも尽くしてるのにあの人に愛されないことがっ。だから、あなたに罪を擦りつけて……っ」

悲痛な叫びは彼女の心そのもの。愛しているからこそ、恋人の望みを聞いてしまった。間違っているとわかっていてもどうしようもできなかったのだろう。

ギルバードと想いを繋げた今だから、彼女の心の痛みも感じることができる。けれど、だからといって善と悪の境界線を見誤ってはいけない。

「あの中には彼から借りた私の乳母の入院費が入っていたのよ……」

「——ッ！　そ…んな。その方はどうして」

「亡くなったわ」

リアーナの顔が一気に青ざめる。

「でも、指輪のことは？　どうして私の部屋に置いたりしたの？」

「あ、あれはグレンダ様が」

「お黙りなさい！　私がなんだというのっ。あなた、自分の罪をアンジェラに擦りつけただけでは飽き足らず、私にまで背負わすつもりなのね。なんて姑息な娘なのっ」

か細い声を恫喝《どうかつ》する怒声に、リアーナは完全に怯えていた。青ざめた顔のままグレンダを凝視する。見開いた目からは涙が零れ落ちていた。

「ひ…どい！　グレンダ様がおっしゃったんじゃないですか！　瓶を抱えて出てきた私を見咎め、黙っていてほしければ私に協力しろと、ルビーの指輪を渡された。私はそれを言われた通り、アンジェラの部屋に隠しました!!」

叫び、わぁぁ――っと大声で泣き出したリアーナがその場に蹲った。

「連れて行ってくれ」

ギルバードの声に、メイド頭がリアーナを立たせ部屋をあとにする。引きずられるように出ていったリアーナを、アンジェラはなんとも言えない気持ちで見送った。

善意が人を悪の道へ唆《そそのか》す場合があるということを、初めて教えられた。

よかれと思って渡した金貨がリアーナを悪の道へ誘うことになってしまうなんて、あの時は想像もしていなかった。

彼女とはいろんな話をしてきたつもりだったけれど、それもまた彼女の一辺しか捉えていなかったのかも知れない。

「アンが悪いわけじゃない、彼女の心が弱かったんだ」

そうだろうか。

心の弱さにも、そうさせる原因があったはず。恋人に金を無心する男を愛してしまったのにだって、きっと理由があるはずだ。

「これが指輪盗難事件の全貌です。グレンダ様、弁明はありますか」

ギルバードの声に、グレンダは不機嫌を露にしてツンと横を向いた。

「私がやったという証拠はないわ。すべてあの子の妄言だとは思わなくて」

「さすが侯爵の血を引く方だ。開き直り方も素晴らしい。ですが、あの日アンジェラが絶対にあなたの指輪を持ち出せなかったことくらい、あなたが一番ご存知のはずでしょう。見ていたのでしょう、私がアンジェラを一晩中抱いていた場面をね。あなたの残り香に私が気づいていないとお思いでしたか？　アンジェラが持っていた紙幣は、私が彼女に渡したものです。不満があるなら、しかるべき機関で指紋でもなんでもお調べになるといい。あれには私とアンジェラ、それを受け取った侯爵の指紋しかついていないはずです。それもまだ侯爵の許に残っていたらの話ですが」

ギルバードの証言に、いよいよグレンダは閉口するしかなくなった。忌々しげに唇を噛みしめ、アンジェラを睨みつける。

「私たちの情事を見たからこそ、あなたはあの自作自演の狂言をでっち上げた。欲に負け、あなたがいる夜に彼女を抱いた私が浅はかでした。そのせいでアンジェラには味わわなくていい屈辱を与えてしまったのですから。――すまなかった、アン」

グレンダに向けていた時とは違う眼差しに、アンジェラは首を振った。

「ですが、一言だけ言わせていただければ、使用人たちの前でレイン侯爵を侮辱したばかりでなく、アンジェラを傷つけたあなたに私は微塵の魅力も感じていません。百億積まれてもあなたに愛を囁きたくはありませんね」

眇められた眼光と突きつけられた侮蔑。両断された恋心にグレンダは顔を真っ赤にさせて俯いた。

「ドーソン侯爵もご理解いただけましたでしょうか」

侯爵はこれ見よがしに溜息をつき、うんざり顔でグレンダを見遣った。

「まぁ、いい。君の気持ちなど些末なことだ、グレンダは予定通り次期当主へ嫁がせる」

「そんな、お父様！　私はギルバード様だからこの婚約に頷いたのですよっ！」

「黙りなさい。お前はなにを勘違いしているのだ。いいか、なぜ私が今日までお前を育ててやったと思う。女など政治の駒になる以外、使い道があると思っているのか！」

「……ッ！」

これにはさすがのグレンダも声を失った。

侯爵の言葉に娘への愛情は欠片もない。あれではあまりにもグレンダが可哀想だ。

愛されていないことを暴露されたグレンダの心を思うと、胸が痛んだ。

沈痛な空気が漂う沈黙を破ったのは、ギルバードだ。

「残念ですが、この婚約自体成立しません。あなたはこれから懲罰委員から事情を聞かれることになっています」

「笑わせるな、なんの事情だ」

ヘルマンが再び扉を開けた。今度はスーツ姿の紳士が二人立っている。ひとりは青年、もうひとりは中年の男だ。被っていた中折れ帽を外し、一礼する。

上げた顔を見た途端、ドーソン侯爵の顔色が一変した。

「懲罰委員の者です。ドーソン侯爵、鉄道建設予定地買収の件で、お聞きしたいことがありますのでご同行願えますか？」

「――どういうことだ。貴様《きさま》、なにをした！」

初めて鷹揚な面が外れた。荒らげた声にギルバードが薄笑いを浮かべる。

「彼らの言葉通りです。ボード伯爵の持っていた証拠を基にあなたを告発したと申し上げたでしょう。あなたは鉄道をご自分の領地に建設させるために、随分と卑劣な手を使ってこられた。過剰な脅迫と無理な買収、それに乗じて随分と土地を転がしてもいましたね。あなたのことだ、金はいくらあっても足りなかったのでしょう。土地買収にかかる費用の出所は、麻薬でしたでしょうか？　資金洗浄をされ隠ぺいをされていたようですが、この国の警察機関を侮られてはいけません。あなたの負けですよ」

「き……さま！　よくもぬけぬけとっ!!」

「お話はしかるべきところでお伺いします。――侯爵、ご同行を」

頭を掻きながら動向を求める委員の人間は、一見は平身低頭だが見据える眼光は鋭い。

侯爵も分が悪いと踏んだのだろう。チッと舌打ち、忌々しげに応接間をあとにする。侯爵に続いて、グレンダも出ていった。

扉が閉まると、張り詰めていた緊張の糸も切れた。

どこからともなく、ホッと安堵の溜息が聞こえる。

「ギルバード、今の話……本当なの？　ボード伯爵にお金を積んだって」

「アンが気に病むことはない。表向きは歴《れっき》とした事業への融資ということになっている。今頃どこかの愛人と国外へ逃避行でもしてるだろ。だが、いずれ彼も侯爵同様罰を受ける。それだけだ」

「でも、それではあなたもなんらかの罪に問われるのではないの？　だって、伯爵と取引をしたのでしょう⁉」

「なんだ、そんなことを気にしてるのか」

ギルバードはおどけた調子で肩を竦めた。

「委員会は前々からドーソン侯爵の動向に目を光らせていた。告発をする際、俺の件の一切を不問に付すという条件で、集めた証拠を提示したのさ」

「いつの間にそんなことまでしていたの」

「これでも、レイン侯爵に認められた唯一の男だからな。それなりの働きはしないと、次会う時に顔向けできないだろ」

得意気な表情を見せられても、なんと言っていいかわからない。そういえば、エマが似たようなことを言っていた。

「ねぇ、その父様に認められたってくだり、どういうことなの？　いったい、父様はどうしてあなたを婚約者に選んだのかしら」

はじめはなぜギルバードを選んだのか皆目見当もつかなかった。父が作った借金のせいで彼らに脅されていたのではないかと疑ったこともあったが、どうやら違う理由があるらしい。

首を傾げると、「アン、お前な……」ギルバードが頭を抱えた。

そこにクスクスと忍び笑うエリオット男爵たちの声が聞こえる。

「レイン侯爵は、息子に事業の才があることを見抜いていたのだよ。放蕩《ほうとう》息子だとばかり思っていたが、愚息が仲間たちと話す未来予想図に限りない可能性を見た、とおっしゃってくれてね。ぜひ自分の事業を継いでほしいとおっしゃったのだ」

「父様が？　だって、あの頃のギルバードは本当にろく……」

「なんだって？」

「い、いいえ。なんでもないわ」

睨まれても、ろくでなしだったことは事実だったじゃないか。毎晩、夜会で遊びほうけていたギルバードがいつそんな話をしていたのか。あの時ばかりは、父の目が曇ったのだと思っていたが、ちゃんとした理由があったのか。

「……それでも結局、父様の無実は証明できないままなのね」

ドーソン侯爵の悪事はこの先調べていけば明るみに出るだろう。だが、それで父の無実が明らかになったわけではない。

まだ極寒の地にいる父を思うと、素直に喜べない。表情を曇らすと、「大丈夫だ」と手を揺すられた。

「彼らを調べていけば、あの方が冤罪だったことも必ず出てくる。それに侯爵も今頃ムルティカーナへ向かう列車に乗っているさ」

言っている意味がわからなくて目が点になる。首を傾げて、ハッとひとつの可能性を思い出した。

「もしかして保釈金を払ってくれたの!?」

ギルバードがしたり顔でほくそ笑んだ。

「言っただろ、俺には金を出すことくらいしかできないと。このタイミングになったのは、告発するための地盤を固めていたからだ。明後日にはこちらへ到着する。もうなにも心配いらないよ」

あぁ、なんて人だろう！

「ギルバード!!」

たまらず抱きつくと、ギルバードも優しい抱擁を返してくれた。

そこへ気づいてくれと言わんばかりの咳《せき》払いが響く。

「で、息子よ。本当に家を出るのか？　後継はどうする」

「ですから叔父さんに全部渡しましたよ。父さんもいい加減、フラフラしてないでまともな職に就けといつもおっしゃっていたじゃないですか。いい機会だし、跡継いでもらってください。俺はもう貴族なんてうんざりしてるんです。これからはアンと二人で自由気ままに生きることに決めました。それじゃ、俺たちは行くところがあるので、これで失礼します。どうかお元気で」

「待ちなさい。なにも今日でなくてもいいだろう。だいたいどこへ行こうというのだ」

「教会です。一刻も早く彼女を俺の妻にしたいので」

とんでもないことをしれっと言いきった男に目を剝く傍らで、男爵の呆れた嘆息が響いた。

「折角パーティの準備をしているんだ。今夜くらい泊まっていきなさい。久しぶりの再会なのにつれないいんじゃないか」

今すぐにでも屋敷を出ようとしているギルバードを、エリオット男爵が諭す。少し拗《す》ねた口調にギルバードは苦笑した。

「わかりました。行こう、アン！」

言って、今度こそアンジェラの手を引き、部屋を飛び出した。


その様子を呆れ顔でエリオット男爵と叔父が見送った。

「いいのか？　本気で逃がして。大物になるぞ、アイツ」

「仕方ないだろう、一度交わした約束だ。……しばらくは好きにさせるさ」

（まさか本当に二年で片をつけるとは。わが息子ながら、恐ろしい奴だ。さすがあの方が見

込んだだけのことはある）

三年という期限をアンジェラという起爆剤を得たことで、二年で成し遂げた。

手元に置いておきたいが、それはもっと先の話でもいいだろう。

☆★☆

「あ――、終わった！」

清々《せいせい》した顔で屋敷を出たギルバードが空を仰いで、安堵の息を吐いた。

「寒いぞ、暖かくしてろ」

玄関で渡されたケープのリボンを結び直すギルバードは、実にかいがいしい。そして、結局手は今まで繋いだままだった。

「ねぇっ、おじ様に言ったことって、教会って、本気⁉」

「なんだよ、今更嫌とか言うんじゃないだろうな」

「言わな…い、けどっ。本当にいいの？　のし上がるのが夢だったんでしょう。私は別に」

「いいんだよ。それはどこでだってできる。今はそれよりも欲しいものが手に入ったから」

意味深な言葉に、じわりと胸が熱くなった。

「それって、もしかして――わ、私？」

まさかとは思いながら、問いかける。するとギルバードは見たこともないくらいの嬉しげな笑みを浮かべ手を引いた。

「アンジェラ。俺、まだ返事もらってない」

「返事って、なんの？」

「俺のことをどう思っているか」

今更の要求に、狼狽えた。教会に行こうとしている相手に彼はなにをせがんでいるの。

「だ、だって、それはっ！　私、ちゃんと言ったわ」

「してる時じゃなくて、素面《しらふ》のアンから聞きたい。俺のこと、どう思ってるんだ。結婚してもいいんだよな」

「そ…それは！　だいたい私、一度もプ…プロポーズされてないっ」

そうだ、思えば一度もギルバードから結婚を申し込まれた覚えがない。

結婚を前提で紹介され、今だって想いを繋げたけれど一度もそれらしい言葉は言われていない。全部ギルバードがひとりで思っていることで、話の流れがそういう雰囲気になっているのではないか。ギルバードとの結婚に不満はないけれど、これでも一応、結婚に対する理想くらいある。一生に一度の結婚なのだから、思い出に残るプロポーズが欲しいと思うのは絶対に贅沢な望みではないはず。

ツンと口を尖らせれば、ギルバードがやれやれと呆れ顔になり、おもむろに屋敷に向き直って大声を張り上げた。

「すまない、みんな手を止めて出てきてくれ！」

ぎょっとするアンジェラをよそに、使用人たちがぞろぞろと玄関から出てくる。みな、何事かと興味津々だった。

（い、いったいなにを始めるつもりなの!?）

ギルバードはアンジェラの前に立つと、片膝を地面につけてアンジェラの手を取った。

「あなただけを愛している」

突然始まった熱い告白がまっすぐ胸の真ん中を刺した。

「この先の人生すべてであなたを愛し続けることを誓うよ。お願いだ、どうか俺が必要だと言ってくれないか。そして、いつか俺に愛していると言ってほしい。――アンジェラ、結婚してください」

一心に見つめるコバルトブルーの瞳が食い入るようにアンジェラを見つめている。

顔を合わせれば嫌味ばかりだった。散々容姿を貶《けな》され、悔しい思いをしてきた。再会してからも、いけすかない性格は変わっていなかったけれど、違う一面もたくさん見てきた。

以前は見えなかった彼の優しさが、今はこんなにも眩しく感じられる。でも、それはアンジェラだけでは決して見られなかったもの。エマやヤニスの言葉があったからこそ、彼の不器用な優しさを感じることができた。

この二年間、辛かったのは自分だけではない。彼もまたアンジェラたちの為に戦ってくれていた。同じくらいの痛みと傷を背負ってくれていた。自分の人生を棒に振ってまで父の為に冤罪の証拠を摑もうとしてくれた。

エマを失い、失意のどん底に落ちかけたアンジェラを引きずり上げてくれたのもギルバードだった。可愛くないことくらい知っているのに、何度も可愛いと言ってくれる。見えないところで、必死になってアンジェラの為に動いていてくれた。孤児たちの為に学校を建てる夢すら叶えてくれた。

傍にいてくれたのはエマだけだと思っていたけれど、気づかれないようにずっと陰から見守ってくれていた人。

高慢でいけすかなくて、……信じられないくらい不器用な人がくれた想いが今、胸の中で煌めいている。手が届かない人だと思っていたのに、いつの間に彼は自分の隣に降りてきてくれたのだろう。

涙が一粒、頬を伝った。

「アンジェラ」

いつだって自信に満ち溢れている彼の、こんな不安げな顔を見られるのもきっと自分だけ。

答えを乞う声に、泣き笑う。

「――はい」

呟き、ギルバードに抱きつく。使用人たちからは拍手喝采《かっさい》と祝福の口笛が鳴り響いた。

空からは白い綿帽子のような雪が舞い降りている。

「ありがとう、最高のクリスマスプレゼントだ」

囁く声に応えるように、アンジェラは抱きつく腕に力を込めた。

【エピローグ】

庭先から顔を出したフキノトウが春の到来を告げる今日この頃。

ようやく雪が溶け、暖かな陽ざしが続くようになってきた。

片田舎の広大な敷地に建てられたエリオット邸。レンガ造りの屋敷の前には見事な中庭が広がっている。その一角に建てられた東屋にアンジェラはいた。

膝の上にはギルバードの頭が乗っている。コバルト色した瞳も今は瞼の中。穏やかな陽気にまどろむギルバードの寝顔はあどけなく、無防備だ。

この屋敷は、ギルバードが父の事業を買い取ると同時に建設を始めたものだ。まだ工事中の部分もあるが、今はここでギルバードや父と共に暮らしている。

再会した父は、どれだけ痩せ衰えているかと思っていたが、強制労働で随分たくましい体つきになって戻ってきた。

今は、実業家であるギルバードの会社に入り、社員として働いている。父は満更でもない様子なのだが、義父が従業員という微妙な立ち位置に居心地の悪さを感じているギルバードはなんとか父を会長職に就かせようと躍起になっている。ギルバードが成功させた事業ではあるが、基盤を作ったのは父だ。尊敬する人を顎で使う現況に限界を覚えているらしく、食事時になるとギルバードの必死の説得と懇願が始まるのも見慣れた光景になりつつあった。

都会から離れているせいかここで過ごす時間はとても穏やかだ。

今日はもうすぐロベルト伯爵夫妻が遊びに来る。春休みで帰省しているヤニスも一緒だ。

義姉となったジャンヌはなにかとよくしてくれ、都会で流行《はや》っているお菓子や衣装を送ってくれる。中にはいつ使うのかと目を覆いたくなるような過激な衣装も入っていて、その都度ギルバードの目に留まる前に隠さなければいけなかった。

あんなものが見つかれば、どんなことになるか。想像しただけでも恐ろしい。それでなくても、プロポーズを受けた夜からギルバードはアンジェラを求めすぎている。

それこそ昼も夜もなく手を伸ばされ組み敷かれるのだ。ひと回りも違うくせに、あの底なしの体力はどこから来るのだろう。そのくせ、二、三年はふたりきりでいいというのだから、困ったものだ。

こんなことばかり続けていたら、父が孫の顔を見る日もそう遠くはない。

（生まれてきても、いいのにね）

まだ平たい腹部にギルバードが心地好さげに顔をすり寄せている。

（こんなに甘えん坊だなんて、意外だったわ）

アンジェラはもうすぐ生まれてくる義姉の子供の為に、手袋を編んでいた。

色は黄色。女の子でも男の子でも使える色であり、生まれてくる子供にたくさんの幸運が訪れますようにという願いを込めてこの色を選んだ。

なんて幸せな時間だろう。

「ん……」

「あら、起きた？」

まどろみから目覚めたギルバードがゆるりと目を開ける。コバルトブルーの瞳がアンジェラを映すと、ふわりと微笑した。

「おはよう、アン」

「ギルバードったら、もうお昼よ。こんなところで眠って風邪を引いても知らないんだから」

クスクス笑うと、ギルバードが手を伸ばし、髪に触れた。指に髪を絡め感触を楽しむ。太陽が当たる部分の髪を見つめ、目を細めた。

「綺麗だな」

「髪のこと？　知らなかったわ、あなたがこの赤毛を気に入ってくれているなんて。屋敷で日よけにさせていたのって、実は口実だったんですって？」

「なんのことだ？」

「とぼけたって駄目よ。ヘルマンが教えてくれたわ。タルトもジャスミン茶も、私が好きだから出してたんですってね。あなた、結婚してから一度も甘い物なんて食べないんだもの。おかしいと思ったわ」

聞かされた裏話を暴露すると、ギルバードはムッと眉間に皺を寄せた。

「あいつ、口が軽いな。執事失格だぞ」

口を尖らせぼやく姿は、これまで見ていたギルバードとは比べ物にならないくらい幼い。

不遜で高慢な態度は貴族たちになめられない為の彼なりの武装だった、というわけだ。

「って、ことは父さん、また来てたのか？　いつ、なんの用事で」

「ん？　一昨日よ。早く孫の顔が見たいと言っていたわ。そうしたら今度こそエリオット家の後継者にするんだとおっしゃって」

「絶対させるかよ。叔父さんはなにしてるんだ」

「さぁ、なにしているのかしらね」

ギルバードがエリオット家を出た今、あの家を取り仕切っているのは叔父かと思いきや、義父が現場復帰してきた。なんでも、まだ叔父にすべてを任せるのは不安なのだとか。

ドーソン侯爵は今は起こした様々な事犯の裁判を受ける身となり、グレンダは、親戚を頼りムルティカーナを去った。

父に愛されていなかったことにショックを受けた彼女は打ちひしがれるように、迎えに来た親戚の馬車に乗り込んだそうだ。

彼女の度を越した我が儘も、父に愛されたいという欲求の裏返しだったのかも知れない。

「お義姉様たち、遅いわね。もう到着してもいい時間なのに」

「どうせアンへの土産が入りきらなくて、立ち往生してるんじゃないか。まったくヤニスも大変だよな」

養子縁組先を間違えたかな、と嘆息するギルバードはアンジェラの手から編みかけの手袋を取り上げた。

「あんっ、あと少しだから邪魔しないで。間に合わなくなっちゃう」

「後から送ればいいだろ。生まれてくるのはまだ先のことなんだし」

「そうだけど、物事には勢いが必要な時もあるの」

やりだすと一気にやり終えたいのはアンジェラの性分なのだ。

すると、ギルバードが珍しくそれに賛同した。

「確かに。物事には勢いが必要だ」

「え、なに……？」

一気に不穏な空気を纏ったギルバードは、ニヤリと蠱惑的な笑みを浮かべる。

「俺たちも作ろうか、子供」

「へっ？　昨日はまだ当分二人でいいって言ってたじゃない！」

「でも、家族が増えるのも悪くないかなと今、思った」

「今、思ったって。ギ、ギルバード!!」

体を半分だけ起こしたギルバードがさっそく手をスカートの中へ潜り込ませる。

「まさか、ここでっ!?」

「お望みなら、ベッドまでお運びしましょう」

「だ、駄目よ！　そういう問題じゃないでしょっ。これからお姉様たちが来るって言っ……あんっ」

「でも、ここはいいって言ってる」

「言って……ないっ」

ずり上がってきたギルバードがアンジェラを座面に押し倒す。ドロワーズを手早く脱がせ、軽い愛撫でもぬかるむようになった体に喜色を浮かべた。

「いやらしくなったな」

「……っ、誰のせいよ！」

毎夜毎夜、執拗に攻めたて、頭の芯まで蕩《とろ》けさせるのは誰だ。容易く愛欲の火を灯してしまう体に作り替えられたことをねめつければ、「可愛いな」と囁かれた。

「あ……んんっ」

漲る欲望を埋め込まれ、緩やかな律動が始まる。

春の陽ざしが差し込む東屋で営む睦み合い、二人の吐息は庭木が立てる音に紛れた。

「だ……め、だったら……ぁ、あん」

「もっと聞かせて。アンのその声、すごいクる」

「あっ、あ……ふぁ、ああ！」

ギルバードの体の影に覆われながら揺さぶられる快感に上がる嬌声が止まらない。今朝も味わったばかりだというのに、体はもうギルバードを欲している。

「ひぁ……んっ、んん……ギル、も……ぅ！」

「あぁ、イかせてやる」

「あぁっ!!」

かすれ声と共に深く差し込まれた欲望が子宮口を突く。足を深く折りたたまれ、遠慮が消えた腰遣いでアンジェラを追い上げた。

見上げれば心に沁みるほど美しい瞳がアンジェラを見つめている。

それだけで切なさが胸をいっぱいにした。

「ギル……ッ、ギル……。あ……いして」

律動に途切れ途切れになった想い。ギルバードはふわりと微笑むと、

「愛してるよ、アンジェラ」

囁き、欲望のすべてをアンジェラの中に放った。

そうしてのしかかる重みにアンジェラはうっとりと目を閉じる。遠くからはようやくやってきた馬車の蹄《ひづめ》の音が聞こえた。

春風が火照った体に心地好い。

アンジェラたちを呼ぶ使用人の声を聞きながら、もう少しだけアンジェラはこの幸福に浸ることにした。

あとがき

はじめまして、宇奈月香《うなづきこう》と申します。

この度は『わがまま男爵の愛寵』をお手に取っていただきありがとうございました。いかがだったでしょうか？　やることなすこと裏目に出ちゃうギルバードと、そんな彼の心も知らず不幸街道まっしぐらなアンジェラとの恋愛模様を楽しんでいただければいいな、と思いながらこのあとがきを書いています。

とにかく私は登場人物たちをどん底まで突き落す展開が大好きでして、ギルバードの心情を書いている最中は「もっと悔めばいいのに」と思っていました。担当様の「書きたいと思う作品を書いてください！」という言葉に目一杯甘えさせて書かせていただいた一作です。私の中では純愛作品になったと思っているのですが、……私だけでしょうか？

そんな私の妄想が詰まった作品に素晴らしいイラストを描いてくださった緒花《おはな》先生、

本当にありがとうございました。アンジェラの可愛らしいことといったら、たまりません！　カバーイラストを飾るアンジェラの髪が光に透ける感じや彼女が抱える薔薇の美しさ、フリルいっぱいのメイド服、どれも最高です！「ギルバードが妄想するアンジェラのメイド服姿をぜひ！」という私のわがままにこんなにも素敵なイラストを書いてくださり、もう胸がいっぱいです。溜息が出るほど綺麗ですよね、本当に嬉しいです。

最後になりましたが、この作品を出せたのは担当様をはじめ、たくさんの方が支えてくださったからだと思っています。多くの事を学ばせていただいただけでなく、私の事情にもご配慮くださりありがとうございました。おかげさまで無事、出産月を迎えることができました。こちらで書かせていただくことができて、とても幸せです。

ここまで読んでくださった皆様にもこの場をお借りして厚くお礼申し上げます。本当にありがとうございました。

宇奈月香